실종
느와르
M

⊱ 케이스북 ⊰

실종느와르 M 케이스북

1판 1쇄 인쇄 2015년 8월 18일 **1판 1쇄 발행** 2015년 8월 31일

극본 이유진 **영상** 실종느와르 M 드라마팀 **엮은이** 이한명
드라마 제작 CJ E&M MBC C&I
펴낸이 김강유
책임편집 이승희 **편집** 장선정 김은영 박정선
책임디자인 조명이
저작권 차진희 박은화
책임마케팅 김용환 김새로미 이헌영
마케팅 김재연 백선미 고은미 정성준 **홍보** 고우리 박은경 함근아
책임제작 김주용 박상현 **경영지원** 양종모 김혜진 송은경 한주임
제작처 재원프린팅 금성엘앤에스 대양금박 신안제책

발행처 비채
주소 경기도 파주시 문발로 197(문발동) 우편번호 10881
등록 1979년 5월 17일 (제406-2003-036호)
주문 및 문의 전화 031)955-3200 **팩스** 031)955-3111
편집부 전화 02)3668-3292 **팩스** 02)745-4827 **전자우편** literature@gimmyoung.com
비채 카페 cafe.naver.com/vichebooks
트위터 @vichebook **페이스북** www.facebook.com/vichebook

ISBN 978-89-349-7180-1 03810 책값은 뒤표지에 있습니다.

비채는 김영사의 문학 브랜드입니다.
이 도서의 국립중앙도서관 출판시도서목록(CIP)은 서지정보유통지원시스템 홈페이지
(http://seoji.nl.go.kr)와 국가자료공동목록시스템(http://www.nl.go.kr/kolisnet)에서
이용하실 수 있습니다. (CIP제어번호: CIP2015022294)

실종 느와르 M

✣ 케이스북 ✣

비채

실종, 그 힘없는 개인의 절망에 관하여

〈실종느와르 M〉은 거대 시스템 속에서 도구 혹은 희생양으로 취급되는 힘없는 개인의 절망에 대한 이야기들입니다. 전작 〈특수사건 전담반 TEN〉에서 절박한 상황에 처한 한 인간에 초점을 맞춘 우리는 〈실종느와르 M〉을 통해 '개인'을 넘어 '사회 시스템'으로, 보다 확장된 주제의식을 파고들고자 했습니다.

이 드라마의 키워드이자 모든 문제로 인도하는 실마리가 되는 단어는 물론 '실종'입니다. 〈실종느와르 M〉에서 다루는 실종은 대부분 거창한 사람의 떠들썩한 실종은 아니었습니다. 오히려 아무 관심도 받지 못하고 오래 실종된 채로 잊힌 사람들이었습니다. 애써 외면하려 하고 내 일이 아니라며 지나쳐버리는 크고 작은 진실들이 나중에 우리에게 얼마나 더 큰 상처와 상실로 이어질 수 있는지에 대해, 그리고 이러한 작은 존재들을 향한 관심과 소소한 양심의 회복으로부터 우리의 회복이 시작되어야한다고 이야기하고 싶었습니다. 드라마 속으로 들어가 이야기하자면, 우리 사회가 애초에 실종된 줄도 몰랐던 '강순영' 퍼즐을 찾아 그의 슬픔을 어루만져주었더라면, 직장 내 따돌림으로 괴로워한 내부고발자 '은채린'의 죽음을 조금만 더 세심히 살펴주었더라면, 직장을 잃고 삶이 파괴되어버린 사람들이 죽음으로 내몰리는 현실에 좀 더 관심을 가졌더라면… 그랬더라면 더 큰 비극들을 막을 수 있지 않았겠느냐고 말입니다.

_감독 이승영

살인은 시대를 반영하고 수사는 시대를 해부한다

'살인은 시대를 반영하고, 수사는 시대를 해부한다' 라는 모토 아래 새로운 수사 아이템을 찾다가 '실종'이라는 소재에 관심을 갖게 되었습니다. 통계를 조사해보니 현재 우리나라에서만 8분에 한 명꼴로 사람이 실종되고 있었습니다. 그동안 일어난 수많은 심각한 범죄들 또한 대부분 실종과 연루되어 있음을 알게 되었습니다. 어쩌면 실종은 너무나 가까이, 도처에 있었던 것이죠. 그래서 우리는 개인의 원한으로 인한 범죄를 주로 다뤄온 기존의 수사물과 달리, 넓은 의미의 범죄 즉 법과 시스템에서도 소외되고 보호받지 못하는 사회적 약자들의 문제에 집중했습니다.

〈실종느와르 M〉은 누군가의 사라짐으로 시작됩니다. 잃어버린 사람을 찾기 위해 그들의 삶을 따라가다 보면 우리가 진정 잃어버린 것들이 무엇인지 찾을 수 있지 않을까요. '범죄' 라는 것은 소중한 것을 잃을 때 발생하기도 하고, 누군가는 '범죄' 로 인해 소중한 것을 잃기도 합니다. 그렇다면 우리는 과연 무엇을 잃어버렸는지 한 번쯤 생각해볼 수 있는 이야기를 다루고 싶었습니다. 누구도 책임지려는 사람 없으며 개인의 고통이 고스란히 사회적 그을음으로 남는 시대를 우리는 살고 있으니까요.

_작가 이유진

길수현 : 특수실종전담팀 팀장

열 살이 채 되기 전 10만 단위 미적분을 풀어내며 하버드에 입학, 수학과 물리학 박사학위를 취득하며 조기졸업 후 NASA의 연구원이 된다. FBI의 자문위원으로 활동하다 FBI 요원이 되었고, 어떤 이유에서인지 28년 만에 한국 땅을 밟는다.

그는 법은 만인 앞에서 평등하다고 생각하지 않는다. 공소시효 만료, 심신상실자 처벌 불가능, 무죄추정의 원칙 등 법의 허점을 이용해 손쉽게 빠져나가는 범죄자들과 피해자를 졸지에 가해자로 만들어버리는 범법자, 법정에서는 도저히 처벌이 불가능한 권력형 범법자들이 너무도 많기 때문이다.

이제 그는 법과 시스템 안에 숨은 진짜 악인들을 응징하려 한다. 인간은 쉽게 변하지 않으며 법과 시스템은 불완전하고 언제나 한발 느리기에.

"법만 지키면 정의가 이루어집니까?"

오대영 : 실종수사만 7년, 경찰 경력 20년의 베테랑 경위

세상엔 과학과 논리로는 설명할 수 없는 것들이 존재한다. 이를테면, 20년이라는 오랜 경력이 오대영에게 선사한 직관과 '촉'이 그렇다. 남들은 거들떠보지도 않는 사소한 실종에도 전심을 다하는 외고집의 화신. 근성과 끈기로 뭐든 발로 뛰어 확인하고 여러 날 걸리는 잠복도 너끈히 이겨낸다.

어쨌든 경찰은 반드시 법 안에서 답을 찾아야 하기에 오직 법을 지키기 위한 목적으로 육법전서를 통째로 외워버렸다. 그러나 현장에선 편법도 적절히 쓸 줄 아는 비범함을 지녔다.

"나쁜 소식을 전할 땐 말이지 좋은 소식 하나 챙겨 가는 게 삶의 지혜야."

진서준 : 사이버안전요원. 실종전담팀 팀원.

화이트 해커 출신으로, 컴퓨터를 이용해 각종 보안시스템과 통신망, 전자기기를 자유자재로 컨트롤한다.

도무지 속을 읽을 수 없는 깊은 눈빛과 목덜미의 문신이 평탄하지만은 않았던 지난날을 암시한다. 방 안에 틀어박혀 사이버 월드에서만 소통하다가 실종전담팀의 일원이 된 후 세상과 소통하는 법을 조금씩 배우고 있다.

"거리로 나온 아이들은 석 달이 아니라 사흘 안에도 얼마든지 범죄자가 될 수 있어요."

박정도 : 경찰청 본청 국장

특수실종전담팀을 만든 장본인.

나라와 국민의 안녕과 질서를 지키는 경찰로서의 자부심이 대단하다. 정의도 힘이 있어야 지킬 수 있다고 생각하기에 개인의 영달이 아닌, 공익과 정의를 위해 가장 높은 자리까지 올라가고자 한다.

"대영아, 그래서 널 붙인 거야. 길수현이 선 넘지 않게 잘 지켜보라고."

강주영 : 15년차 부검의

법의학 분야에서의 뛰어난 학식과 날카로운 관찰력은 물론, 나이를 가늠할 수 없는 묘한 매력의 소유자. 인생의 멘토인 아버지가 우리나라 제1세대 부검의였던 인연으로 자연스레 부검의가 되었다. 가냘픈 외모와는 달리 끔찍하게 훼손된 시신도 담담하게 대하는 강심장을 지녔다. 유일하게 길팀장의 과거를 알고 있는 친구이자 조력자이지만 절대 내색하지 않는다.

"해고로 삶이 망가졌다는 것. 과학적으론 자살이 맞는데 꼭 자살이 아닌 것 같아요."

contents

감옥에서 온 퍼즐

교도소 독방. 벽에 가득한 글자와 그림들.
죄수복을 입은 남자의 가슴에는 사형수를 뜻하는 빨간 명찰이 붙어 있다.
남자는 등을 보이고 앉아 종이에 무언가 그리고 있다.
점점 완성되는 그림. 온 몸에 링거를 꽂은 채 누운 남자를 다 그린 후,
죄수는 의식을 치르듯 경건하게 편지를 봉투에 담아 봉한다.

폐쇄된 정신병원. 한 남자가 온 몸에 링거를 꽂은 기괴한 모습으로 발견된다.

남자는 발견 당시 살아 있었으나 구조 직후 갑작스레 사망에 이른다.

사건 전날, 경찰청 앞으로 배달된 편지에는 죽은 남자의 모습을 묘사한 그림과 함께

살인을 예고하는 글이 담겨 있었다.

반신반의하면서도 장소를 찾은 경찰은 사태의 심각성을 깨닫고,

즉시 전직 **FBI** 수사관 길수현을 찾아간다.

사건의 용의자로 추정되는 사형수 이정수가 지목한, 편지의 진짜 수취인이다.

제가 죽인 사람들이 더 있습니다.
믿기 힘드시면 XX병동으로 가보세요.
다른 사람에게는 일절 진술하지 않겠습니다.
FBI 한국지부 길수현 요원하고만 이야기하겠습니다.

정확한 시간에
오셨네요.
신기하다.
FBI는 영화 속에서나
나오는 사람이잖아요.

**용의자
이정수**

IQ 157, 서울대 물리학과 수석.
부모를 죽인 존속살인 및 여동생의 시체를 유기한 일급 살인 혐의.
의자에 묶여 있는 아버지와 바닥에 누운 채 결박된
자신의 어머니를 인정사정없이 칼로 난자.
현장에서 체포되어 모든 죄를 자백, 한 달 반 만에 사형 판결을 받았다.
현재 여동생의 시신만 어디론가 사라진 상태.

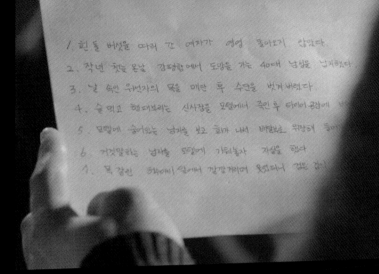

이정수가 길수현에게 내민 종이에는 7개의 문장이 쓰여 있다.
종이 뒤에는 살바도르 달리의 '기억의 지속'을 모방한 그림.

1. 흰 돌 버섯을 따러 간 여자가 영영 돌아오지 않았다.

2. 작년 첫눈 온 날 강평항에서 도망을 가는 40대 남성을 납치했다.

3. 날 속인 위선자의 목을 매단 후 수단을 벗겨버렸다.

4. 술 먹고 행패부리는 신사장을 모텔에서 죽인 후 타이어공장에 버렸다.

5. 모텔에 숨어 있는 남자를 보고 화가 나서 배달부로 위장해 들어가 죽였다.

6. 거짓말하는 남자를 모텔에 가둬놓자 자살을 했다.

7. 목 잘린 허수아비 앞에서 깔깔거리며 웃었더니 검은 집의 남자가 죽어버렸다.

이정수	단. 그냥 하면 재미없겠죠? 그래서 게임을 준비했거든요?
길수현	게임?
이정수	(끄덕) 룰은 아주 간단해요. 제가 죽인 사람이 누군지 알아오면 그가 어디 있는지 알려드릴게요.
	(종이를 가리키며) 그게 힌트예요.
길수현	하나만 묻지. 왜 나지?
이정수	(장난처럼) 글쎄요. FC 바르셀로나 팬이라서? (의미심장한 웃음)
	그럼 건투를 빌어요. (하면서 일어서려다) 아, 정정할 게 하나 있다.
	죽인 사람들이 아니라 죽을 사람들이 맞겠네요. (표정 바꾸며)
	발견 당시, 첫 번째 피해자가 살아는 있었다는 걸 혹 잊으셨을까봐.
길수현	!
이정수	(다시 웃으며) 그럼 내일 봐요.

16

피해자 신원은 민재일. 대학교수. 44세. 실종 시기는 석 달 전.
이정수는 첫 번째 피해자를 납치해서 발견되기까지의 링거 양을
정확히 계산해 장치해두었다. 모든 것을 정확한 시간 계산 하에
통제하고 있다는 뜻이다. 그리고 살바도르 달리의 '기억의 지속'.
원래 그림에는 나타나 있지 않은 시계의 시각이 이정수의 그림에는
표시되어 있다.
하나는 3시 즉 이정수를 처음 만난 시각.
다른 하나는 11시 즉 아마도 다음 피해자의 생존이 끝나는 시각.
이정수는 나에게 내일 보자고 말했다.
놈이 내게 준 시간은 앞으로 17시간...

"국장님, 사람을 좀 붙여주셔야겠습니다."

베테랑 형사 **오대영**과 정보 검색 능력에 탁월한 능력을 지닌 **진서준**.
이들과 함께 수수께끼를 풀어나가게 되었다.

1. 흰 돌 버섯을 따러 간 여자가 영영 돌아오지 않았다.
2. 작년 **첫눈 온 날 강평항**에서 도망을 가는 **40대 남성**을 납치했다.
3. 날 속인 위선자의 목을 매단 후 수단을 벗겨버렸다.
4. 술 먹고 행패부리는 **신사장**을 **모텔**에서 죽인 후 **타이어공장**에 버렸다.
5. **모텔**에 숨어 있는 남자를 보고 **화가 나서** 배달부로 위장해 들어가 죽였다.
6. 거짓말하는 남자를 **모텔**에 가둬놓자 자살을 했다.
7. 목 잘린 허수아비 앞에서 깔깔거리며 웃었더니 검은 집의 남자가 죽어버렸다.

4O대 남성,
신사장,
타이어공장.

진실과 거짓이 교묘하게 혼재돼 있는 문장.
정확한 장소와 구체적인 감정을 나타내는 단어들만이
진실일 가능성이 높다. 명확한 명칭과 반복되는
단어들 또한 진실일 것이다. 그러므로 모든 것이
들어 있는 2번과 4번은 진실일 가능성이 높다.

길수현

밝혀진 키워드로 압축한 17명 중 주목할 만한 사람은 44세의 '신강타이어' 대표 신지섭.
현재 공장이 부도가 나서 도피중이다. 오대영과 함께 강평항으로 향했다. 작년 첫눈이 내린 날,
12월 19일의 모텔 장기 투숙자 장부를 뒤진 끝에 가명 김성수로 묵고 있던
신지섭의 존재를 찾았다. 그는 중국으로 밀항하기로 되어 있었으나 나타나지 않았다.
즉 그는 실종되었으며 다음 희생자가 될 것이다.

다음 희생자는 신지섭.

이정수	역시! 제 생각이 틀리지 않았네요. 이렇게 빨리 푸시다니.
길수현	(벽시계를 슬쩍 바라보니 11시가 다 되어간다)
이정수	(그런 길수현을 놓치지 않고 더 여유를 부리는) 사람들이 어떻게 커피를 마시게 됐는지 아세요?
길수현	...
이정수	(커피를 보며) 처음엔, 빨간 커피 열매를 그냥 따 먹었대요.
	그러다가 열매가 너무 독해서 물에 우려 먹기 시작한 거죠.
	근데 어떡하다 로스팅을 해서 먹게 됐는지 아세요?
	전쟁이 끝나고 점령지를 불태우는 과정에서 커피 열매가 타면서 내는 향이 너무 매혹적이었던 거죠.
	상상해보세요. 온 마을이 불태워지는 걸 바라보면서 슬피 울던 사람들이 커피 향에 매료돼
	자신들도 모르게 울음을 뚝 그치는 모습을.
	재밌지 않아요? 예상치 못한 지점에서 반전이 튀어나오는 게?
길수현	그래서 인생에 묘미가 있는 거지. (들으라는 듯) 자기 계산대로만 되진 않으니까.
이정수	공평하긴 하네요. 그건 누구의 계산대로도 되지 않는다는 말이니까.
길수현	(여유로운 미소)
이정수	(따라 웃는, 그러나 뭔가 팽팽한 기류가 느껴지는)
	어쨌든 문제를 풀었으니 약속대로 다음 피해자가 있는 장소를 알려드리죠.
	(주소가 적힌 종이를 내밀며 시계를 바라보는)
	너무 늦지 않기를 바라요. (웃으며 커피 맛을 음미한다)

 서울시 은평구 홍번동 10-1

19

서울특별시 으평구 홍번동 10-1

김수현

문장에는 또 하나의 수수께끼가 숨겨져 있었다.
목 잘린 허수아비 그리고 검은 집의 남자.
만일 10-1이 숫자가 아닌 알파벳이라면?

각각에 대응하는 숫자는
1=9 0=ㅏㅠ 10-1=9ㅏㅠ-9

↳ 서울시 은평구 홍번동 9ㅏㅠ-9번지.

오대영

홍번동 915-9번지. 또다른 폐가.
온통 불에 그을린 이곳이 진짜 '검은 집'이다.
문을 박차고 안으로 들어갔지만 눈 앞의 광경에
모두 얼어붙었다. 온 몸에 링거를 꽂은 채 침대에
누워 있는 전라의 남자. 하지만 시간 초과.
신지섭은 이미 싸늘한 시체가 되어 있다.
4분 차이. 우리는 졌다.
4분 차이. 우리는 그의 목숨을 구하지 못했다.
거대한 분노가 덮쳐왔다.

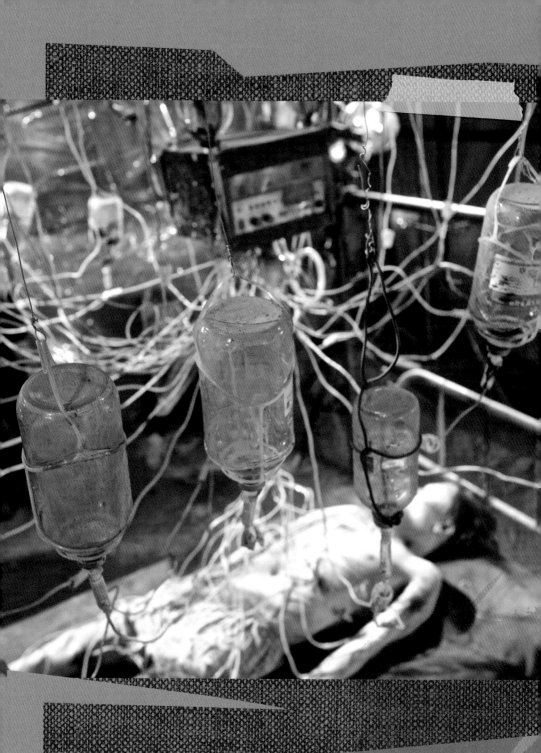

"두 번째 게임이 기다리고 있거든요.
이번엔 룰을 좀 바꿔봤어요. 24시간 안에 그 사람을 데려오세요.
그럼 다음 피해자가 어디 있는지 가르쳐드릴게요."

24608741

충남 서천군에 사는 여성
='흰 돌 버섯'을 따러 간 여자

741□□□-24608□□

1974년 1월생

충남 서천군 종천면에 사는 1974년생의 여자. 혹은 실종된 여자.

강순영 (Kang soon you

741228-24608

"해당되는 여성은 총 4명입니다. 그중 눈에 띄는 사람이 하나 있는데,
이름은 강순영. 나이 42세. 본적, 거주지 모두 충남 서천군 종천면입니다.
이상한 건 지난 15년 간 자기 명의로 된 핸드폰이나 통장은 물론이고,
온라인 쇼핑몰이나 포털에 가입한 적도 없습니다.
유일한 생활반응은 15년 전, 의료기록 하나가 전부입니다."

부검실. 민재일의 부검 결과 고문을 당한 흔적이 나타났다.
범인은 피해자로부터 뭔가를 알아내려 한 것이다.
그보다 더 중요한 단서가 시체의 위 속에서 발견된다.
알루미늄에 싸인 쪽지에 적힌 글은 '20000220'.
신지섭의 위에서도 역시 '온고이지신'이라는 글자가 적힌 종
이가 발견된다. 시체에서 발견된 의문의 메시지.
이 '친절한 범인'의 의도는 무엇일까.

20000220
온고이지신
그리고 친절한 범인

더 이상 아무런 정보가 없는 상태에서 이정수가 처음 준 문장을 곱씹고 곱씹는다.

'위선자의 목을 매단 후 수단을 벗겨버렸다.'

수단은 신부들의 검은 사제복. 다음 피해자는 신부가 아닐까?

실종된 신부 또는 안식년인 신부 중 연락이 되지 않는 사람으로 범위를 좁혀나간 결과

바오로 신부를 찾았다. 바오로 신부는 이끼와 넝쿨이 가득한, 깊은 산 속 기도처에서

창틀에 목을 매 죽어 있었다.

숫자 24608741을 좇아 강순영을 찾아갔지만 그녀는 이미 동네에서 사라진 지 오래다.
동네 사람들의 입방아로부터 강순영이 매춘으로 생계를 이었으며 아들과 단둘이
살았다는 걸 알게 됐다. 지적 능력이 조금 떨어졌다는 사실도.
아들과 살던 그녀는 15년 전, 화동역이 없어지던 날 어떤 남자와 눈이 맞아
마을을 떠났다고 한다. 이른바 야반도주.
"그런 여자가 자신을 위한 지출은 한 푼도 없고 오로지 아들만을 위해 돈을 썼다?"
오랫동안 버려진 강순영의 집에 남은 흔적은 아들을 끔찍이도 사랑했던 엄마였다.
그녀는 사라진 것이 아닐지 모른다. 알 수 없는 촉이 스멀거리며 올라온다.
실종 당시 강순영 나이 또래의 무연고 시신을 조사해달라고 부탁하고 돌아나오던 길,
사진관에 걸려 있는 옛 사진 한 장을 발견했다.
여고생 강순영, 그리고 네 명의 남학생.

1989년 12월 29일
이천균, 민재일, 신지섭, 주원형(바오로 신부) 그리고 강순영...
피해자들과 강순영이 과거 한 공간에 있었다?
그렇다면 이 모든 것이 이정수가 계획하고 의도한 것일까.
그의 의도가 무엇인지 우리는 알지 못한다.
그리고 강순영 역시 죽은 사람들 중 하나였다.

26

길수현	강순영을 찾긴 찾았는데 말야… (유골함을 내밀며) 7년 전 홍천의 한 야산에서 유골로 발견이 됐다더군.
	사망 시점은 실종됐던 15년 전 쯤으로 보이고.
	강순영을 찾으려고 피해자들을 납치 감금하고 고문한 건가? 왜지?
이정수	(언제 울었냐는 듯이 표정 바꾸며) 이 게임의 주도권은 제가 가지고 있다는 걸 잊으시면 안 되죠.
	게임의 룰에 벗어나는 사적인 질문은 사절이에요.
길수현	…
이정수	(길수현을 빤히 보며) 어쨌든 제 선택이 틀리지 않았음이 증명됐으니 이제 진짜 게임을 시작할 수 있겠어요.
길수현	?
이정수	이제부터가 본게임이에요. 강순영의 살인범을 찾아오세요.
길수현	(피식) 아니. 난 이쯤에서 게임을 그만두겠단 말을 하러 온 거야.
	게임이란 게 말야, 주고받는 맛이 있어야 하는 거거든. 그런데.
	(화동역 사진을 보이며) 사진 속 인물들은 다 죽었어.
	더 이상 죽을 사람도 없는데 게임을 계속할 이유가 없지 않나?
이정수	(사진을 빤히 보는) 과연 죽을 사람이 정말 더 없을까요?

이정수, 길수현 앞에 그림이 그려진 종이를 쓱 내민다.

길수현	여자 아이?

"여동생… 살아 있었어?!"

27

모든 단서가 고갈된 상황, 지금까지 확보한 단서로는

이정수의 여동생 이소윤을 직접 찾을 방법은 없다.

결국 이정수의 요구대로 하는 수밖에 없다는 결론에 다다른 수사팀은

강순영의 살인범을 찾는 데에 총력을 다한다.

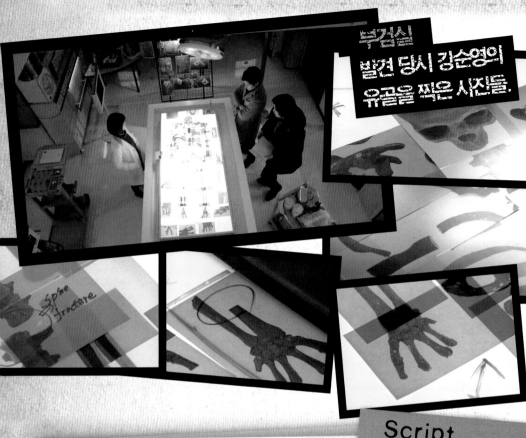

부검실
발견 당시 강순영의
유골을 찍은 사진들.

오대영　　사망 추정년도가 7년 전이라고 쓰여 있고 유골 발견년도가 2008년이니까,

　　　　　사망 추정년도는 2000년대 초반이란 소린데…

　　　　　이건 뭐 성한 뼈가 하나도 없네. 죄 부러진 게….

강주영　　맞습니다. 두개골, 갈비뼈, 요추, 그리고 대퇴골에 골반뼈까지 거의 전신 골절입니다.

　　　　　요골과 척골은 폭행을 막으려다 부러진 것 같고요. 한마디로 무자비한 폭행에 의해 사망했단 겁니다.

　　　　　그리고… 열 손가락을 모두 잘랐네요.

길수현　　지문을 없애려는 의도였겠죠.

강주영　　더 끔찍한 건, 이를 모두 뽑아버렸다는 겁니다.

오대영　　그리고 그린벨트 야산에 암매장까지 했다?

길수현　　범행 후 처리과정이 매우 꼼꼼하고 집요한 걸로 봐서 범인은

　　　　　범죄와 수사과정을 아주 잘 아는 전문가 일 겁니다.

29

피해자들인 주원형, 신지섭, 민재일이 나온 고등학교를 찾아
당시 방송반이었던 그들의 1989년 이후 행적을 조사하는 길수현.
주원형을 제외한 모두가 고2 겨울방학 이후 전학을 갔다는 사실을 알아낸다.
방송인이 꿈이었던 주원형이 돌연 신부가 되겠다고
진로를 변경했다는 사실도….

모든 기억을 지우려는 듯 뿔뿔이 흩어진 소년들.
'그들의 인생을 송두리째 바꿀 만한 일이란 무엇이었을까.'

오대영은 사진관에서 주원형이 찾아가지 않은 1989년의 오래된 사진을 뒤진다.

1989년 1월 25일 주원형, 필름 1통 5,400원 선불…
어째서 돈까지 미리 내고서 사진을 안 찾아갔을까?

오대영은 아이들의 행복한 한때를 담은 사진을 찬찬히 훑기 시작한다.
그리고 단체 사진에는 찍히지 않은, 새로운 인물을 찾아내는데….

Script

오대영	단체 사진엔 없던 아이인데!? …할아버지. 혹시 얘가 누군지 아시겠어요?
할아버지	알다마다! 이 동네 앤데.
오대영	네? 그게 누군데요?
할아버지	(마침 TV에서 방영 중인 드라마 화면을 가리키며)
	저놈아 아녀! 막장 전문배우, 김석진이. 종천면의 자랑!
오대영	유일한… 생존자?!

김석진
: 유일한 생존자

길수현은 드라마 촬영장을 찾아 김석진을 만나 강순영과 희생자들에 대해 묻는다. 현재로서는 유일한 생존자인 김석진이 사건에 가장 밀접하게 연관되어 있는 인물. 그가 다음 희생양일지, 아니면 용의자인지는 아무도 모른다. 다만, 예전의 친구들과 강순영이 모두 죽었다는 말에 동요하는 김석진의 반응이 묘하다.

기분 탓일까. 놀람과는 다른 뭔가를 그의 얼굴에서 본 것 같다. 1989년 화동역에서 만났다가 헤어진 이후로는 오디션을 보느라 바빴고, 러시아로 유학을 갔었다는 김석진의 증언. 뭔가를 더 얻어낼 수는 없을 것 같다.

1. 호적등본상 강순영의 아들 강민철의 출생년도는 1990년 9월, 사망년도는 2001년 7월이다. 1990년 9월생이라면 1989년 12월에 임신했을 가능성이 크다. 그리고 바로 그 달에 강순영은 지금은 사망한 네 소년에게 성폭행을 당했다.

2. 강순영은 합의금으로 4천만 원을 받았다. 하지만 합의서를 작성한 글씨와 서명한 강순영의 필적이 확연히 다르다는 점, 지적능력이 떨어지는 강순영이 만들었다고 믿기 힘든 문서의 꼼꼼함에서 다른 누군가의 존재를 의심할 수 있다.

3. 거액의 합의금을 받은 강순영 모자의 삶은 궁핍 그 자체. 가계부에 수입이라고는 인근 주민들이 화대로 찔러준 듯한 이삼천 원에 매달 오만 원의 정기적인 수입이 전부였다. 누군가가 강순영의 합의금을 가로챈 것이 분명하다.

숫자 20000220.

2000년 2월 20일 이후
강순영의 행적은 특히나 파악이 어렵다.
오대영은 강순영의 2월 19일의 행적을 조사하던중 아들 강민철의 맹장 수술에
대한 기록을 찾아내고,
아이가 윌슨병이라는 희귀병에 걸려 있었다는 사실을 새롭게 알게 된다.

"2000년 2월 19일에 맹장수술을 시키려고 아들을 입원시킨 엄마가 다음날 돌아오지 않았다…?"

윌슨병

구리 대사 이상으로 인해
간, 뇌, 각막, 신장 및 적혈구에
구리가 침착되어 생기는 보통염색체
열성 유전질환. 발생률 100만 명당 30명,
유병률 5~10만 명당 1명의 희귀병이다.
급성 간염, 간경화, 신경장애,
근육긴장 등의 증상을 보인다.

34

2월 20일, 화동역이 폐쇄되었다.

강순영은 화동역이 없어지던 그날 아들을 버리고
어떤 남자의 차를 타고 마을을 떠났다고 알려져 있다.
아들을 버린 비정한 엄마가 아니라 누군가에게
납치된 거라면? 이미 강순영이 죽은 지금,
그녀에 대한 모든 소문과 억측들은
걸러서 판단할 필요가 있다.
화동역이 사라지던 날의 행사를 녹화한 영상을 보던
오대영은 김석진과 그를 애타게 바라보는 강순영을 찾아낸다.

Script

오대영	'20000220'은 강순영의 실종일을 뜻하는 거였어. 그날 강순영이 마지막으로 만난 사람은 김석진이고.
진서준	합의서 필적 감정 결과, 김석진의 필체와 일치합니다.
오대영	그럼 뭐야…? 합의금을 가로챈 게 김석진이란 말인가? 그렇군! 강순영이 아들 수술 때문에 김석진한테 돈을 받으러 간 거야. 그러자 돈을 주기 싫은 김석진이 강순영을 죽인 거고! 이런 막장 자식….
길수현	그렇다면 2월 20일은 강순영의 실종일이 아니라 사망일이었네요.

강순영 실종의 실마리를 찾은 길수현과 오대영.
그러나 가장 유력한 용의자인 김석진이 싸늘한 시체로 발견되는데….

또 다른 살인. 희생자
김석진

사건의 진상에 한 걸음 다가갔다고 생각한 순간,
이번에도 누군가가 길수현을 앞지른다.
싸늘한 시체로 발견된 김석진을 보고 허탈함을 감추지 못하는 두 사람.
이정수와 그 조력자가 아무리 머리가 좋다고 해도
지금과 같은 빠르고 완벽한 범행은 납득이 가지 않는다.

36

Script

길수현	이곳은, 이 미로처럼 얽힌 상가 골목에서 CCTV 사각지대를 골라 살인을 저지르고 유유히 사라질 수 있는 최적의 범행 장소입니다. 만약 이정수 공범의 짓이라면 이렇게 완벽한 범행을 디자인할 시간이 있었을까요? 그건 불가능합니다.
오대영	…
길수현	철저히 계산된 범행과 꼼꼼한 뒤처리. (민트를 하나 꺼내 먹으며) 전문가의 느낌… 강순영 살인범의 기시감이 드는 건, 왜일까요…
오대영	(길수현을 바라보는) 그게 무슨 말이야? 그럼 이정수의 공범이 아니라 다른 누군가라는 거야?
길수현	이렇게 가정해보면 어떨까요? 김석진에게도 공범이 있었다면. 당시 고등학생이었던 김석진이 혼자서 합의서를 작성하고 합의금을 빼돌리긴 쉽지 않았을까요?
오대영	그럼 김석진을 방패막이로 내세웠던 누군가가 우리가 김석진을 조여오자 꼬리 자르기를 한 거다?
길수현	(끄덕) 김석진을 죽인 게 이정수의 공범이냐 김석진의 공범이냐의 문제네요.

김석진의 죽음으로 사건은 새로운 국면을 맞이한다.

제한시간 14시간 전

김석진이 죽기 전
통화한 전화는 대포폰이라 추적이 불가능했지만,
원래 전화의 최근 통화목록을 보면
김석규라는 사촌형과의 통화가 부쩍 늘었습니다.
김석규는 강순영이 살던 종천면의 순경이었던
사람이에요.
그리고, 이정수의 SNS기록에서 발견한 게 있어요.
사진과 글을 올린 날짜를 좀 보시겠습니까?

2014년 12월 19일?
그날은 신지섭의 실종일이었어.
신지섭은 이정수가 납치한 게
아니란 건데…
공범의 소행일까?

2014/12/19

38

이정수를 바라만 보는 길수현. 그런 길수현을 빤히 응시하는 이정수.

이정수	설마 벌써 찾으신 건 아닐 테고. 제가 시간을 너무 많이 드렸나요?
길수현	글쎄… 강순영의 살인범을 찾았다고 해야 하나? (떠보듯 본다)
이정수	(길수현의 시선이 불편하다) 지금 절 떠보러 오신 건가요? 제가 형사님이라면 일분 일초가 아까울 것 같은데….
길수현	뭐, 세상 일이 서두른다고 되는 건 아니더라고. 서두르다 오히려 중요한 걸 놓치는 경우가 있거든.
이정수	(의도를 파악하려 쳐다본다)
길수현	면회 올 친구가 있는 줄은 몰랐네?
이정수	잠시 눈동자가 흔들린다)…
길수현	(그 미묘한 변화를 캐치하고는) 신지섭. 네가 납치한 게 아니잖아. 김석진도 네가 죽인 게 아니고.
이정수	(조금 당황, 그러나 이내) 기억력이 좋은 분인 줄 알았는데…. 전에 말씀드리지 않았나요? 게임의 룰에 벗어나는 사적인 질문은 사양이라고. 제 인내심을 시험하지 마세요. 인내심에 한계가 오면 저도 무슨 짓을 저지를지 모르거든요. (하면서 시계를 보는) 약속한 시간이 얼마 남지 않았네요. 좀 더 분발하길 바랄게요. (나가버리는)
길수현	(이정수가 나가기까지 여유로운 미소를 띠고 바라보다 일순 웃음기 싹 가시는) '놈은 김석진이 죽은 걸 모르는 눈치였어. 그리고 왠지 나보다 더 시간에 쫓기고 있는 느낌이다. 뭐지…?'

김석규의 사무실을 찾은 오대영은 김석진이 보디가드를 요청할 정도로

불안한 상태였다는 것을 알아낸다.

과거의 일과는 무관하다던 김석진의 말과는 달리,

강순영의 합의를 도운 것이 김석진이었다는 점도.

이야기를 나누던 중, 오대영의 눈에 문득 들어온 달력.

달력의 2월 20일에 빨간 동그라미가 쳐져 있었다.

"2월 20일… 중요한 날인가 봐요?"

"일 년에 몇 번 안 되는 사냥 허가받은 날인데…
석진이 때문에 다 망쳤죠, 뭐."

수수께끼 같은 이번 살인들의

모든 시작은 2월 20일이다.

그런데, 하필 그날이 사냥 허가일이라는 이유로
달력에 표시를 해두었다?
진짜 그럴 수도 있겠지만,
김석규에게 뭔가 숨기는 것이 있을지도 모른다.
상식이 통하지 않는 이번 사건에서
그 어떤 것도 소홀히 여길 수 없다.

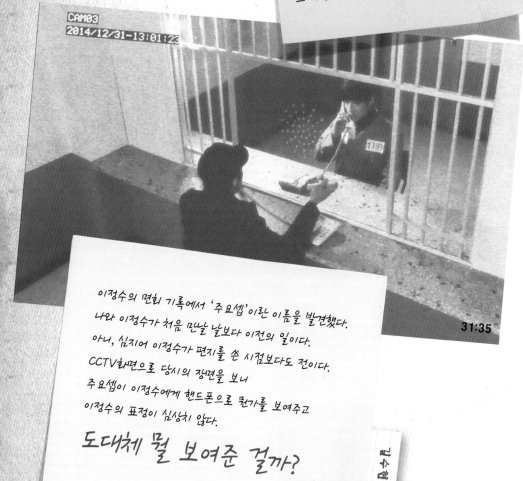

이정수의 면회 기록에서 '주요섭'이란 이름을 발견했다.
나와 이정수가 처음 만날 날보다 이전의 일이다.
아니, 심지어 이정수가 편지를 쓴 시점보다도 전이다.
CCTV화면으로 당시의 장면을 보니
주요섭이 이정수에게 핸드폰으로 뭔가를 보여주고
이정수의 표정이 심상치 않다.

도대체 뭘 보여준 걸까?

41

오대영은 1989년 종천면에서 김석규와 함께 근무한 경찰을 수소문하여 과거의 김석규와 강순영의
일에 대해 묻는다. 사건이 일어난 밤, 강순영은 옷이 찢기고 온몸에 멍이 든 채 다리 사이에서 피를
흘리며 경찰서에 들어왔다고 했다. 경찰서의 경찰들이 모두 놀랄 정도로 큰일이었지만 어찌된 영문
인지 그날의 사건 기록은 남기지 않았다. 오대영은 직감적으로 김석규가 아이들의 일에 끼어들었다
는 결론을 내린다.

오대영

믿고 따랐던 김석진을 비롯한 남자애들에게 몹쓸 짓을 당한 강순영.

그리고 가해자들의 잇따른 죽음. 고등학생이 썼다고 보기엔 너무도 전문적인 문구의 합의서.
그날의 합의서는 김석규가 작성한 것이 분명하다. 그 후 순경을 하다가 갑자기 사업을 할 정도로
자금을 확보한 김석규. 즉, 김석규가 사건을 이용해 돈을 가로챈 것이었어!
화동역이 사라지던 날, 그 행사장에는 김석진뿐만 아니라 김석규 또한 참석했었다.
강순영은 김석진이 아니라 김석규를 찾아간 것이었군.

오대영은 김석규를 찾아가 강순영의 합의금을 가로챈 것이 의심되는 정황, 강순영이 실종 직전 마지막으로 만난 사람이 김석진이 아니라 김석규였다는 사실을 제시하며 압박한다. 지난번의 협조적인 모습과는 정반대의 차가운 모습으로 대하는 김석규. 오대영의 추측이 확신으로 바뀌는 순간이었다.

Script

오대영	강순영이 이 행사장에서 실종된 후 살해당했어. 실종 직전 마지막으로 만난 사람은 바로 당신이고. 김석진을 죽여 꼬리 자르기를 한 사람도 당신 아냐?!
김석규	나 참. 차라리 소설을 쓰시지 왜 형사를 하는지… 누가 그럽디까? 증거 있나? 15년이나 지난 일을 가지고….
오대영	어떻게 딱 15년이 튀어 나오지? 공소시효라 기억하는 건가? (피식) 살인범이 아니고서야 공소시효를 알고 있을 리가 없지. (달력을 가리키며) 2월 20일. 바로 강순영이 살해된 날이야. 그날이 공소시효가 끝나는 날이니까 달력에 표시해둔 거 아냐?!
김석규	글쎄올시다…. (손가락으로 귀를 파며) 도통 무슨 소릴 하는 건지….
오대영	(여유만만) 어디 두고보자고. 곧 결과가 나올 테니까.

제한시간 4시간 전. 추가로 확보한 CCTV를 토대로 김석진의 살인범이 김석규임을 확인하려던
길수현과 오대영은 화면 속 수상한 남자가 김석규가 아닌 주요셉이라는 사실에 당황을 금치 못한다.
하지만 자정이 지나면 강순영 살인 사건의 공소시효는 끝나기 때문에, 오대영은 편법을 써서라도
증거를 찾겠다며 의지를 불태운다. 김석규는 오대영에게 맡기고 주요셉 쪽에 집중하는 길수현.

주요셉은 목매달아 죽은 주원형 신부의 입양아였다.

아들아
미안하다

이제 와서 진실을 밝히는 것이
옳은 일인지 모르겠다만
이렇게라도 참회하고 싶구나
지금껏 살아오면서 25년 전 그날을
하루도 잊어본 적이 없단다····

주원형이 남긴 편지

46

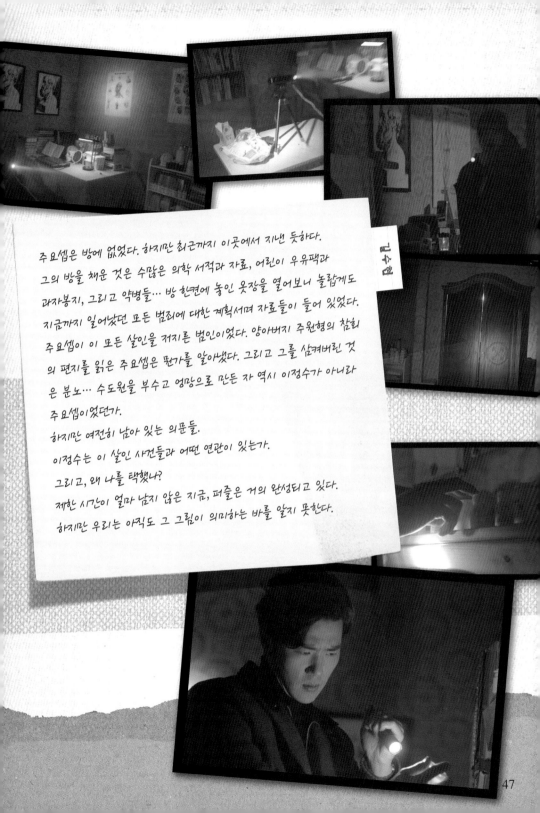

주요섭은 방에 없었다. 하지만 최근까지 이곳에서 지낸 듯하다.
그의 방을 채운 것은 수많은 의학 서적과 자료, 어린이 우유팩과
과자봉지, 그리고 약병들... 방 한켠에 놓인 옷장을 열어보니 놀랍게도
지금까지 일어났던 모든 범죄에 대한 계획서며 자료들이 들어 있었다.
주요섭이 이 모든 살인을 저지른 범인이었다. 양아버지 주원형의 참회
의 편지를 읽은 주요섭은 뭔가를 알아냈다. 그리고 그를 삼켜버린 것
은 분노... 수도원을 부수고 엉망으로 만든 자 역시 이정수가 아니라

주요섭이었던가.
하지만 여전히 남아 있는 의문들.
이정수는 이 살인 사건들과 어떤 연관이 있는가.
그리고, 왜 나를 택했나?
제한 시간이 얼마 남지 않은 지금, 퍼즐은 거의 완성되고 있다.
하지만 우리는 아직도 그 그림이 의미하는 바를 알지 못한다.

주요셉의 컴퓨터에는 길수현의 어린 시절부터 현재까지의 자료들이 스크랩되어 있었다. TV에 출연한 천재 소년, 미국으로 이민 후 하버드 입학, 각종 박사학위 취득, NASA 입사 이후 FBI로 전향 등등에 관한 기사들. 그리고 '범인은 잡았는데, 과연 정의는 이루어졌는가?'라고 늘 묻는다고 밝혔던 자신의 인터뷰… 자신에 대한 생각지도 못한 자료들을 본 길수현의 얼굴이 점점 굳는다.

Los Angeles Times

All 4 in King Beating Acquitted
Violence Follows Verdicts; Guard Called Out

대통령 연설, 곧 상업화 앞당

· "곧 구별의 맞춤을 알려지

told the whole story

Break a case, Ask. Justice has been done?

James Gill is a Special Agent who serves in FBI, who was the best contributor to save serial killer Buffalo Bill and to instate transnational Radar, so called King Kevin.

He came to Korea in 2013 and spent 2 years in Korean territory with FBI badges as a leader of the team.

FBI is Federal Bureau of Investigation which belongs to the United States Department of Justice that serves as both a federal criminal investigative organization and an internal intelligence agency under the Major Crimes Act.

It has investigative jurisdiction over offence of more than 200 categories.

Among these he has investigated missing cases specifically in the team which has authority to help in any mysterious appearance.

His opinion of investigation also cleared like his voice. He said "There are no crimes which has already been cured. All evokes by ignorance of people. System cannot cover everything. Prevention comes from community care. By social rules, we may lose so many things without notice."

He mentioned the attitude should Federal Agents bear in their minds. The concept of Justice.

He has started the service since he suffered from a private accident.

Unexpected. James Gill looks calm and humble though he has a Federal badge.

You may not believe, he

김석규의 사무실에서 증거를 찾는 데에 실패한 오대영과 주요셉을 찾는 데에 실패한 길수현은 교도소의 이정수를 만나러 가기로 결정한다. 제한 시간 20분 전, 강순영 살인 사건의 공소시효가 성립되는 자정까지 20분이 남았다.

Script

이정수	드디어 게임오버 시간까지 20분밖에 남지 않지 않았네요.
길수현	도대체 주요셉과 넌 무슨 관계지? 네 동생의 목숨까지 걸어가면서 강순영의 살인범을 찾으려는 이유가 뭐야?
이정수	(초조한 눈빛으로 시계를 바라보며) 지금 중요한 건 시간이 없다는 거예요. 자, 이제 답을 말하세요.
길수현	그런데 이상하네… 왠지 나보다 네가 더 시간에 쫓기는 느낌이거든. 그렇게 초조해 하는 이유가 뭐지?
이정수	시간이 없다니까요. 빨리 답을 말하세요.
길수현	그래. 좋아. 강순영의 살인범은 김석규야.
이정수	김… 석… 규?
길수현	그래. 김석규. 놈이 2000년 2월 20일에 강순영을 죽였어. 그래서 55시간이란 타임리미트를 준 거 아냐? (시계를 보며) 앞으로 20분 후면 공소시효가 끝나니까.
이정수	아니요. 틀렸어요.
길수현	?…
이정수	그는 살인범이 아니에요.
길수현	뭐?
이정수	안됐네요. 김석규는 살인범이 아니에요.

이정수는 대화를 중단하고 자리에서 일어나 나가버린다. 김석규가 범인이 아니라는 말에 혼란을 느낀 길수현은 충동적으로 이정수의 방으로 향하고, 교도관과 오대영이 그를 뒤따른다. 그리고 이정수의 독방으로 들어간 두 사람은 벽을 가득 메운 낙서들을 보고 깜짝 놀란다. 그곳에는 피해자들과 강순영의 이름, 관계도, 그림, 수많은 물음표가 가득했다. 흡사 경찰의 수사와도 같은 추론의 흔적들…

"이정수… 너도, 지금까지 추리를 하고 있었던 거야?"

순간 길수현의 눈에 피해자들의 몸에서 발견된 것과 동일한 재질로 만들어진 종이학이 들어온다.

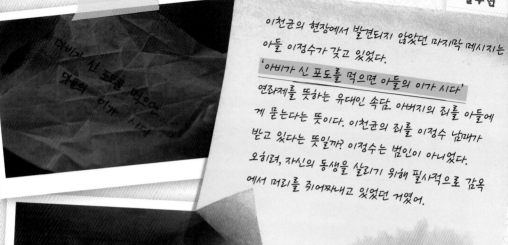

이천균의 현장에서 발견되지 않았던 마지막 메시지는 아들 이정수가 갖고 있었다.
'아비가 신 포도를 먹으면 아들의 이가 시다'
연좌제를 뜻하는 유대인 속담. 아버지의 죄를 아들에게 묻는다는 뜻이다. 이천균의 죄를 이정수 남매가 받고 있다는 뜻일까? 이정수는 범인이 아니었다. 오히려, 자신의 동생을 살리기 위해 필사적으로 감옥에서 머리를 쥐어짜내고 있었던 거였어.

제한 시간이 끝나고, 자정이 되었다. 길수현과 오대영 그리고 이정수까지 모두가 패배감에 사로잡혀 어쩔 줄을 모른다. 그때, 길수현의 휴대폰으로 발신제한 표시된 전화가 걸려온다.

길수현	여보세요?
목소리	안타깝군. 애석하게도 마지막 문제는 맞히지 못했으니….
길수현	주요셉?…!!
오대영	!!
목소리	하지만 모든 게임엔 패자부활전이 있잖아? 나도 마지막 기회를 주지.
	자, 이제 거의 모든 의문이 풀렸을 거야… 하지만 딱 한 가지.
	풀리지 않는 궁금증이 있지? 왜 너였을까… 내가 널 선택한
	이유 말야. 그게 마지막 문제야.
길수현	(얼른 스피커폰을 끄고 전화를 귀에 대는)
오대영	(갑자기 왜 저러지?…)
목소리	당신이 죽인 사람들의 수. 당신이 잃어버린 사람들의 수.
	당신이 찾고 싶은 사람의 수. 거기에 이소윤이 있어.

오대영

전화를 받는 길수현의 모습이 왠지 위태롭다.
전화 내용은 공개하지 않은 채 길수현의
입에서 나온 숫자는 6, 3 그리고 1.
63이라면 강순영의 집 주소 번짓수?
끝까지 우리와 게임을 하고 싶은 걸까?
전화를 끊고 나서도 길수현은 놈과의 통화에
대해서 입을 열지 않는다.

53

주요셉의 방에서 발견된 약은 페니실라민, 윌슨병 환자가 먹는 약이다.
주요셉은 바로 강순영의 아들, 강민철이었다. 어머니 강순영의 복수를 위해
이 모든 살인을 저지른 것이다.
631번지, 강순영의 집에서 이소윤은 무사히 경찰에 구출된다. 두 사람은 이소윤을
통해 전달받은 주요셉의 전화에 담긴 살인 동영상을 본다. 부모를 살해한 혐의를
인정했던 이정수는 결국 동생을 인질로 삼은 범인의 협박에 거짓으로 자백했던
것이다.

오대영	뭐야? 이놈. 이럴 거면 이정수를 내세워 게임을 한 이유가 뭐야?
길수현	왜 이정수가 김석규가 범인이 아니란 말만 반복한 건지 이제 알겠네요.
오대영	그게 뭔데?
길수현	그렇게 하라고 시킨 겁니다. 그러면 이소윤을 살려주겠다고 했겠죠.
오대영	아니, 왜?
길수현	김석규. 놈의 최종 목적은 강순영의 살인범을 찾는 게 아니라 제 손으로 죽이려는 겁니다.
오대영	!

사성이 지나 원하는 마을 이룬 김석규. 그런 그를 주요셉 측 강민철이 납치한다. 자당을 추적한 진서준이 홍천으로 향하는 두 사람을 찾아내고, 길수현과 오대영이 그 뒤를 바짝 쫓는다. 아픈 아들을 살리고자 돈을 요구했던 강순영은 김석규에게 잔인하게 살해당했다. 강순영을 죽이고 훗날 공소시효를 증명하기 위해 그날의 신문이 보이도록 사진까지 찍어 보관해둔 김석규의 뻔뻔함에 길수현과 오대영은 분개한다.

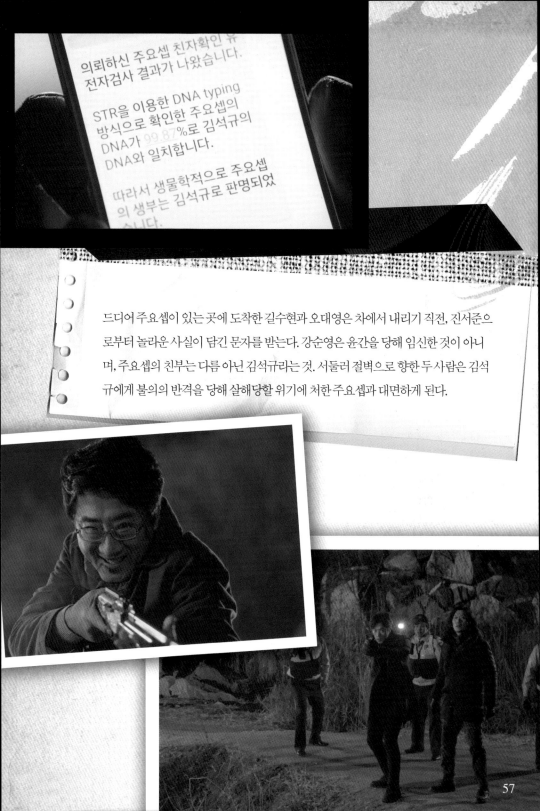

의뢰하신 주요셉 친자확인 유
전자검사 결과가 나왔습니다.

STR을 이용한 DNA typing
방식으로 확인한 주요셉의
DNA가 99.87%로 김석규의
DNA와 일치합니다.

따라서 생물학적으로 주요셉
의 생부는 김석규로 판명되었
습니다.

드디어 주요셉이 있는 곳에 도착한 길수현과 오대영은 차에서 내리기 직전, 진서준으
로부터 놀라운 사실이 담긴 문자를 받는다. 강순영은 윤간을 당해 임신한 것이 아니
며, 주요셉의 친부는 다름 아닌 김석규라는 것. 서둘러 절벽으로 향한 두 사람은 김석
규에게 불의의 반격을 당해 살해당할 위기에 처한 주요셉과 대면하게 된다.

Script

길수현	김석규! 그 총 내려놔!
김석규	난 잘못 없어요. 이 새끼가 날 여기까지 끌고 온 거라구요!
	(순간 칼을 꺼내 김석규의 목에 들이대는 강민철)
오대영	야, 임마. 강민철! 거 뭐하는 짓이야? 김석규가 강순영 살인범이라는 거 우리도 다 알아.
	그러니까 심판은 법에 맡기고….
강민철	(말 자르며) 법의 심판에 맡기기엔… 법이 너무 모자라네요….
길수현	….
강민철	(자조 섞인 미소) 신부님이 그랬어요.. 진실을 마주하려면 준비가 필요하다고… 정말로 진실이 알고 싶다면….
	그 무게를 견뎌낼 자신이 있는지 잘 생각해보라고…. 아버지 말을 들을걸 그랬어….
	(눈물이 맺히는) 난 그냥 엄마를 찾고 싶었을 뿐인데….
	이젠 더 이상 버틸 힘이 없네요….

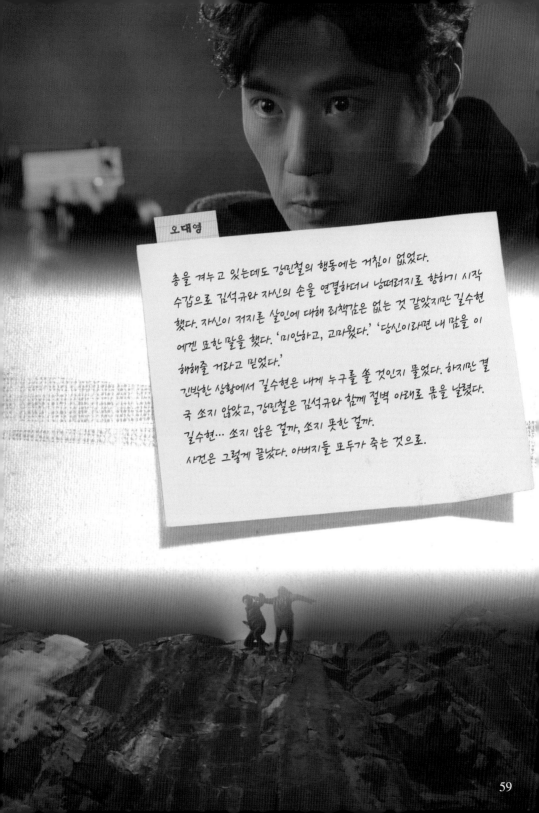

총을 겨누고 있는데도 강민철의 행동에는 거침이 없었다.
수갑으로 김석규와 자신의 손을 연결하더니 낭떠러지로 향하기 시작
했다. 자신이 저지른 살인에 대해 죄책감은 없는 것 같았지만 길수현
에겐 묘한 말을 했다. '미안하고, 고마웠다.' '당신이라면 내 맘을 이
해해줄 거라고 믿었다.'
긴박한 상황에서 길수현은 내게 누구를 쏠 것인지 물었다. 하지만 결
국 쏘지 않았고, 강민철은 김석규와 함께 절벽 아래로 몸을 날렸다.
길수현... 쏘지 않은 걸까, 쏘지 못한 걸까.
사건은 그렇게 끝났다. 아버지들 모두가 죽는 것으로.

59

김수현

사건이 종결된 후 나는 이정수를 찾아 왜 강민철이 시키는 대로 했느냐고 물었다. 동생을 살려 준다는 걸 어떻게 믿을 수 있었느냐고. 이정수는 협박하는 강민철의 태도와는 달리 세심하게 동생을 배려하는 모습을 보고 그를 믿기로 결심했다고 한다.

특이한 점이 많은 사건이었다. 기괴하고 잔인한, 철저하게 계획된 살인에는 걷잡을 수 없이 위 태로운 점들 또한 드러나 있었다. 분노에 사로잡혀 어쩔 줄 모르는 강민철의 복잡한 감정이 고 스란히 드러난 살인들이었다. 이 모든 범죄의 목적은 단 하나였다. 과거의 잊힌 범죄를 다시 알 리고 그 첫값을 치르게 만드는 것.

강민철은 모든 것을 다 이루었다. 사건은 종결되었고, 강순영 사건에 연루되었던 모든 사람은 죽었다. 결국 나는 강민철이 설계한 게임의 플레이어일 뿐이었고, 단 하나의 살인도 막지 못했 다. 하지만 우리는 어쩌면 서로 대결하고 있는 것이 아니었을지도 모른다. 강민철은 우리를 진 실로 이끌었고, 우리도 때로는 그에게 친절한 안내인이 되기도 했으니까.

강민철이 나를 고른 이유는 자신을 이해할 수 있을 것 같아서라고 했다.

하지만 지금의 나는 과연, 그를 정말로 이해할 수 있을까.

	직업	살해 방법	위 속에서 발견된 메시지	메시지의 해석
이천균		아내와 함께 살해됨. 아들 이정수가 범행 일체를 자백.	아비가 신 포도를 먹으면 아들의 이가 시다	아버지의 죄를 아들이 갚다
민재일	대학교수	정밀하게 계산된 양의 독극물이 투입되어 심정지.	20000220	강순영이 실종된 날짜
신지섭	신강타이어 사장	정밀하게 계산된 양의 독극물이 투입되어 심정지.	온고이지신	과거 속에 답이 있다
주원형	성직자	창틀에 목을 매어 죽음	19891229	그들이 함께 있었던 날
김석진	배우	촬영 도중 습격받아 사망		
김석규	옛 경찰	강민철과 함께 죽음		

"공평하긴 하네요.
인생은 누구의 계산대로도 되지 않는다는 것."

제작노트

제한된 시간 안에 실종자를 찾아야 그들을 살릴 수 있다! 이 심장 쫄깃한 타임리밋 서스펜스에, 천재들의 두뇌게임을 통한 스릴 넘치는 추리를 보여주는 것이 이 에피소드의 기획의도였다. 베일에 싸인 천재 사형수가 낸 문제들을 함께 풀어가면서 그 의도를 파헤치는 천재 수사관의 기지를 통해 재미와 의미를 전달하고 싶었던 것. 문제는, 그 두 마리 토끼를 다 잡으려면 글을 쓰는 사람이 먼저 천재가 되어야 한다는 건데…. 수학, 화학, 물리학, 의학, 심리학, 범죄학 등 수많은 분야의 서적을 읽고, 단서가 될 만한 각종 소재와 자료들을 수집하며 이정수와 길수현이 되기 위해 무던히도 애쓴 8개월의 준비 과정이 지금도 생생하다.

이정수 역을 강하늘 씨가 함께 해 준 것은 정말이지 행운이었다. 처음 대본을 건넬 때만 해도 별 기대가 없었다. 왜냐하면 당시 강하늘 씨는 여러 작품을 찍고 있는 데다 연극 공연까지 하고 있었기 때문이다. 그러니 도저히 물리적 시간을 낼 수 없을 거라 생각했다. 그러나 뜻밖에도 함께 작업을 하고 싶다는 이야기를 전해 들었을 때 나도 모르게 환호성을 질렀다. 전체 대본 리딩을 하던 날 처음으로 그를 만나 천군만마를 얻은 것처럼 기쁘고 고맙다고 인사를 건넸더니, 오히려 대본을 읽고 영화 대본을 본 듯 재미있어서 무조건 하겠다고 마음먹었다는 고마운 대답이 돌아왔다. 그 바쁜 스케줄 속에서도 리딩 때 대본을 거의 외웠으며 캐릭터 연구까지 해온 그를 보고 달리 훌륭한 배우가 아니구나 싶었다. 강하늘이란 배우를 만나 이정수는 완벽한 옷을 입게 된 것이다.

_작가 이유진

비주얼을 준비하다 _ 이야기는 언제나 '그럴듯함'을 유지해야 한다. 시청자가 진짜라고 느껴야 이야기를 계속 따라올 수 있기 때문이다. '감옥에서 온 퍼즐'에서는 현실에서는 일어나기 힘든 상황들이 상대적으로 많았기 때문에 무엇보다 미술이 관건이었다. 링거 병이 매달린 사건 현장과 단두대, 그리고 신부의 자살까지…. 문장으로 되어있는 것을 시각화하기 위해 미술팀과 소도구팀 그리고 연출부는 머리를 맞대고 사진, 그림, 기존 작품 등 다양한 비주얼 레퍼런스를 찾는 것으로 시작, 미학적 새로움과 실현가능성 등 다양한 요소를 두고 회의를 거듭하다 스케치로 큰 틀을 잡고 로케이션 작업을 통해 현실화하는 작업을 해나간다. 아래와 같은 미술팀의 컨셉스케치로 일단 큰 컨셉을 잡고 이후 로케이션 헌팅 등을 통해 현실화하는 작업을 해나간다. 한편 소도구팀은 별도의 공간에서 적절한 링거 병의 수, 색깔, 아름다운 줄의 형태, 지탱 가능한 구조물 제작 등 '안전하고 아름다운 결과물' 을 위해 시뮬레이션을 거듭한다. 비로소 현장 설치의 순간에도 안심할 수 없다. 현장의 상황에 맞게 그때그때 변수에 대응해야 하기 때문이다. '감옥에서 온 퍼즐' 의 독특하고도 실험적인 비주얼은 이러한 단계와 협업을 통해 비로소 완성되었다.

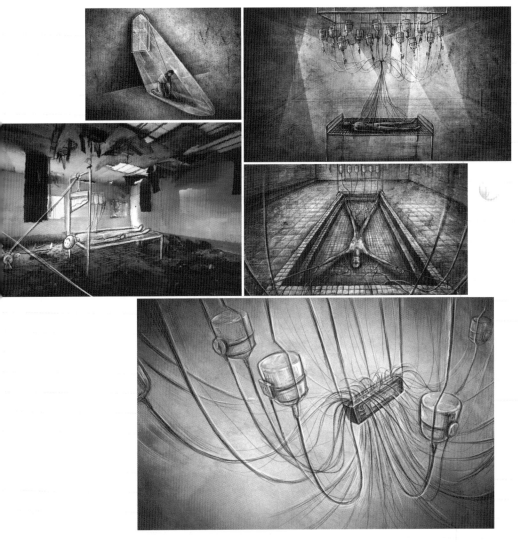

이정수, 그리고 강하늘 _ 배우 강하늘 씨가 맡은 이정수는 극의 종반부, 특유의 사이코패스적 미소가 잠시 일그러지는 한순간을 향해 달려간다고 해도 과언이 아니다. 여동생을 살리기 위해 필사적으로 살인마 연기를 하던 그가 마지막 한 순간 흔들리는 지점. 유심히 본 시청자들은 짐작했겠지만, 중간 중간 특유의 큰 미소가 아주 잠시 멎는 지점이 있는데, 후에 이정수의 정체가 밝혀지면 그 멈춤을 이해할 수 있게 된다. 배우 강하늘은 이점을 무척 잘 알고 있는 영리한 연기자였고 중요한 한 순간을 위해 연기를 통제할 수 있는 좋은 연기자였다. 즉 이유 없이 사이코패스였다가 갑자기 돌변하는 얄팍한 연기가 아니라 전체를 디자인하고 통제할 수 있는 절제된 연기를 보여준 점이 무엇보다 훌륭했다.

66

퍼즐과 단서를 맞추다 _ 이유진 작가 특유
의 재미있고 다양한 퍼즐소스들이 준비된 후에
도 이것을 강순영과 이정수, 그리고 강민철의 사
연 속에 자연스레 녹이기 위한 만들기와 부수기
가 정말이지 몇 개월 동안 반복되었다. 단순한 퍼
즐의 나열이 아닌, 이야기의 재미를 위한 롤러코
스터로도 구성할 수 있어야 하기 때문이다. 이유
진 작가의 끈기와 열정이 돋보인 에피소드였다.
_ 감독 이승영

EPISODE
02

밤 9시 5분, 경부 고속도로 상행선. 졸음운전으로 의심되는 한 트럭이

갓길에 정차된 승용차를 들이받는다.

허둥지둥 차에서 내린 트럭 운전사는 승용차로 다가가지만,

차에는 아무도 타고 있지 않았다.

고속도로

덩그러니 남아 있는 차

그리고 사라진 운전자

이것은 실종사건일까?

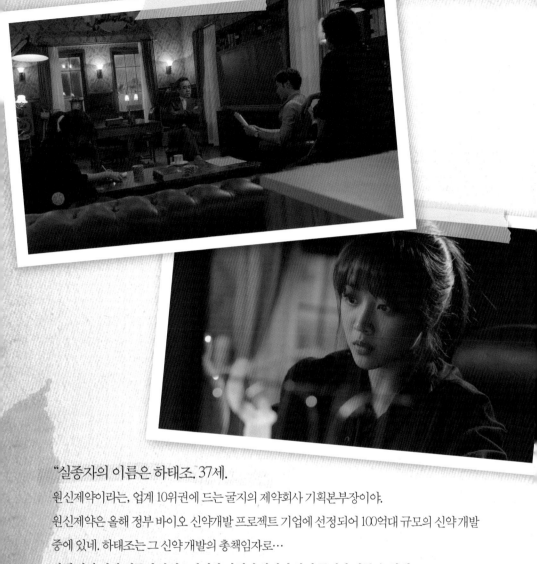

"실종자의 이름은 하태조. 37세.

원신제약이라는, 업계 10위권에 드는 굴지의 제약회사 기획본부장이야.

원신제약은 올해 정부 바이오 신약개발 프로젝트 기업에 선정되어 100억대 규모의 신약 개발

중에 있네. 하태조는 그 신약 개발의 총책임자로…

만에 하나 이번 실종이 산업스파이와 관련이 있거나 하면 골치가 아플 수 있네.

일개 기업 문제이긴 하지만 국가적 프로젝트가 유출되면

파장은 엄청날 거야. 그래서 이렇게 핫라인까지

동원한 거니까 가급적 빨리

소재 파악해주게."

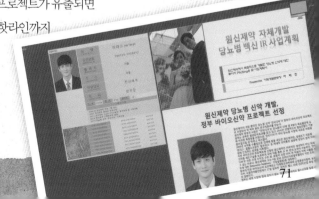

깨끗한 차 안. 가지런히 정리되어 놓인
양복, 넥타이, 구두.
하이패스 단말기가 붙은 차량인데
일부러 통행권을 뽑은 이유는?
서울 톨게이트 진입할 때 받은 통행권이
상행선 갓길에서 발견되었다.
불법유턴 가능한 지역부터 조사해보자.

고속도로 위에서 사람이 사라질 수 있는 방법
세 가지.
1. 다른 사람 차로 갈아타기.
2. 걸어가서 다른 교통수단을 이용하기.
3. 하늘로 솟기. 물론 그럴 리는 없겠지만.
가드레일을 짚은 손자국 발견! 2번 당첨이다.
가드레일 너머 잡목들의 꺾여 있는 상태로 봐서
비교적 최근의 일이다.
오케이. 일단 여기부터 시작하자.

차량은 현장으로부터 35킬로미터 떨어진 곳에서 플라스틱 가드레일을 밀어버리고
불법 유턴을 한 것으로 밝혀졌다.
차량에 설치된 유아용 카시트며 트렁크를 가득 채운 장난감과 기저귀,
간식거리가 어딘지 기묘하다. 진서준이 하태조의 컴퓨터를 조사한 결과,
하태조는 사라지기 전 대포차를 구하기 위해 여러 방면으로 알아본 것 같다.
아직 실종자가 하태조가 맞는지도 분명하지 않은 상황이지만 어쨌든
이 실종이 계획된 것이라는 점에서, 박국장의 예감이 틀린 것은 아닌 모양이다.

근처 휴게소 점원의 증언에 의하면 한 남성이 휴게소에 차를 세워둔 다음, 고속버스를 타고 사라졌다고 한다. 대포차를 사용한 것이 분명해지는 상황. 톨게이트 CCTV 화면을 확인하자 점퍼에 모자를 눌러쓴 하태조가 대포차량을 통해 상행선 요금소를 통과하는 장면이 포착된다.

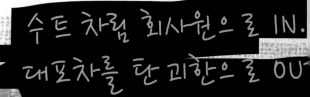

수트 차림 회사원으로 IN.
대포차를 탄 괴한으로 OU

길수현   하태조가 회사에서 나온 시각은 오후 2시. 오후 2시 54분. 서울톨게이트를 통과해 고속도로에 진입합니다.

그리고 중앙가드레일을 넘어 불법 유턴을 감행. 편한 옷으로 갈아입고 걸어서 휴게소로 이동했을 겁니다.

그러고는 미리 준비해둔 대포차를 타고 다시 서울로 향합니다.

대포차가 다시 톨게이트를 통과해 서울로 들어온 시각은 오후 6시 5분.

동선이 끊겼다가 다시 서울 톨게이트에 대포차가 나타납니다. 오후 7시 42분.

같은 자리에서 다시 불법 유턴 후. 다시 휴게소 진입.

오대영   거기까지가 확인된 동선인데… 대포차까지 준비하고 이렇게 복잡한 동선으로 움직였다는 건?

진서준   알리바이 조작?

길수현   (끄덕)

오대영   여차하면 그 시간동안 내내 자기가 고속도로 위에 있었다고 우길 수 있다 이거지….

길수현   이 동선의 공백. 무려 1시간 37분 동안 서울에서 하태조는 뭘 했을까요? (칠판을 보며)

오대영   좋은 일을 위해서 알리바이를 조작하진 않았을 테고….

밤 9시 49분.
하태조의 대포차량 휴게소로 진입해
그 후 22분 간 정차.
하태조가 치밀하게 설계하던 알리바이는 그러나 9시 35분
예상치 못한 교통사고로 경찰이 출동하면서 수포로 돌아간다.
두 대의 차량으로 고속도로를 번갈아 달린 기묘한 질주는
무엇을 위한 것일까.

오대영은 하태조의 집으로 찾아가 그의 부인 이진영을 만난다. 어딘가 아픈 사람 같은 안색, 뭔가 불안한 것 같아 보이면서도 묘하게 침착한 부인의 태도에 형사 특유의 촉이 번뜩인다. 하태조의 실종 수사를 원치 않는 것부터가 석연치가 않다. 일단 한발 물러선 오대영은 아파트 경비원 등 주변을 탐문해 정보를 얻는다. 일주일 전 놀이터에서 일어난 화약 장난 때문에 놀라 응급실에 실려 갔던 적이 있는 하태조의 부인… 그런 부인을 두고 사라진 남편과 찾지 않는 부인은 대체 어떻게 된 사람들일까?

원신제약을 찾아간 길수현은 하태조가 회사 내에서 신망이 두터운 본부장이었으며 최근 컨디션이 좋지 않았다는 직원들의 증언을 확보한다. 일주일 전 중요한 IR(기업설명회)을 앞두고 결근한 점이 뭔가 마음에 걸린다. 진서준에게 지난 1주일 동안의 하태조 행적에 대한 조사를 맡기고 원신제약 사장실로 향한다. 사장 류정국은 풍채 좋고 인상 좋은 기업가의 풍모 그 자체로 하태조의 실종보다도 기업설명회의 성공이 더 신경을 쓰고 있었다. 투자액이 천억 원이 넘는 대형 프로젝트라고는 하지만 사람의 행방이 묘연한 상황에서 류정국의 냉정한 태도는 길수현을 당황시키기에 충분했다.

길수현이 등신 좋아하냐고 묻기에…
빼는 건 내 스타일이 아니라 덜컥 그렇다고 답했다.
괜찮은 척했지만, 매우 힘들었다.
절에서 만난 길수현은 편하게 차를 타고 올라와서
상큼한 미소로 나를 맞아주었다.
갑자기 울컥했지만 뭐 서로의 스타일이란 게 있으니까.
어쨌든, 하태조 또한 편한 도로를 두고 가파른 등산로를 이용
한 건 역시 주택가의 CCTV 때문이 분명했다. 이런 건…
근데 굳이 내가 직접 가지 않아도 알 수 있는 건데…
뭐 힘들어서 투덜댄다기보단 중간에 받았던
와이프 전화 때문에 좀 기분이 처졌다고나 할까?

녹은 본디 쇠에서 나왔지만, 쇠를 집어삼키는 법이지.

법운사를 찾은 하태조는 뭔가 괴로운 일이 있었던 것이 분명하다.
주지스님에게 번뇌가 깊은 눈으로 뭔가 호소했다고 하는데… 그러나
이 절을 찾은 목적은 단순한 고민상담 따위가 아니었을 것이다.
법운사 반경 5킬로미터 이내에 원신제약 사장 류정국의 집이 있다.
그는 여기서 쌍안경으로 류정국의 집을 며칠간 계속해서 관찰했다.
직장 내에서 인정받는 성공한 회사원이 자신의 사장 집을 몰래 지켜볼
이유가 대체 무엇일까?

77

길수현 말에 따르면 하태조 이놈, 류정국 사장의 아이를 유 괴하기 위해 치밀하게 계획한 것 같다. 아니, 거의 확실하다. 어제 저녁 강남 경찰서에 유아 실종 신고가 들어왔다가 바 로 취소되었다는 기록이 남아 있다. 아이의 이름은 류세준… 녀석의 차에서 발견된 물건들은 돌배기 아들이 쓰기에는 맞 지 않는 것들뿐. 즉 류정국 사장의 세 살배기 아들을 위해 준비해두었다가 일이 꼬이는 바람에 경찰에 들킨 것. 이 모 든 복잡한 알리바이 작업이 아이를 유괴하려고 머리 굴린 거였어? 내가 특히 용서할 수 없는 범죄가 유괴라는 걸 놈이 알 리는 없겠지만, 이제부터 나, 좀 진지해져야겠다.

길수현은 아이의 유괴를 숨긴 류정 국 사장을 강하게 몰아붙인다. 그제 야 아들이 유괴당했다는 사실을 털 어놓는 류정국 사장… 당시 경찰에 신고했지만 하태조가 아들을 태우는 장면을 담은 동영상이 그의 휴대전화로 전송되었고, 그 직후 신 고를 취소했다고 한다. 하지만 나이 오십에 기적적으로 얻은 아들의 안전과 천억 원대 프로젝트의 기 업설명회 사이에서 갈등하는 류정국 사장의 마음은 좀처럼 공감하기 힘들다.

하태조 부인 이진영의 석연치 않았던 반응을 추궁하려 그녀를 다시 방문한 오대영은 생각 지도 못했던 사실을 알고 충격에 휩싸인다. 아 이를 유괴한 하태조 역시 누군가에게 자신의 아들을 유괴당한 상태였던 것. 텅 빈 아기침대와 유괴사 실을 경찰에 털어놓고 말았다는 이유로 공포에 사로잡힌 아기 엄마를 보며 오대영의 머릿속은 새하얗 게 비어버리는데….

원신제약 주차장/아파트 일각(D)

굳은 얼굴로 차를 향해 걸어오는 길수현. 이때 휴대전화가 울려 확인한다. 오대영이다.

길수현	(받으며) 네.
오대영	하태조 아들도 유괴됐어.
길수현	(한 순간, 움직임이 멎는다. 눈빛만 날카롭게 빛나고) …
오대영	정확히 8일 전.
길수현	사라진 아이가… 두 명이었군요.
오대영	이거였어. 하태조의 범행동기. 부인은 모르고 있지만, 범인은 하태조한테 아이 몸값으로 돈이 아닌 다른 걸 요구한 것 같아.
길수현	류정국 사장의 아들.
오대영	(울분 터뜨리는) 하태조 이 새끼… 미친놈이지! 아무리 그래도 그렇지. 자기 애 찾겠다고 다른 사람 애를 유괴해?
길수현	아이를 볼모로 범행을 지시한다… 전체의 판을 디자인한 범인. 굉장히 교활하고 잔인한 놈이에요. 어떻게든 우리가 먼저 하태조를 찾아야 됩니다, 아이들을 교환하기 전에!
오대영	류정국 사장한테… 이 상황을 알려야겠지?
길수현	(끄덕) 류정국의 아이는… 하태조에겐 아들을 되찾기 위한 도구인 셈이니까, 교환의 순간까지만 안전할 겁니다. 상황의 심각성을 아버지한테 알려줘야죠.

하태조는 아이를 데리고 모처의 모텔에 몸을 숨긴 상태였다. 미리 준비한 물건들은 모두 갓길에 세워두었던 차에 있었기 때문에 신용카드를 쓸 수 없는 지금 아이를 돌보는 일도 쉽지 않다. 동영상 속에서 섬뜩하게 웃고 있는 피에로와 너무도 천진한 모습의 아들 유빈. 모든 것이 가족을 위한 일이라고는 하지만 자신의 아들을 구하기 위해 죄 없는 다른 아이를 유괴한 아버지의 마음은 절망적이다.

잠시 자리를 비웠을 뿐인데, 아이가 흔적도 없이 사라져 버렸다. 당황한 하태조에게 그때 전화 한 통이 걸려온다. 아이를 요구하는 범인의 전화…

하태조의 휴대전화 기록에서 이지수라는 이름을 발견한다. 이지수와 하태조는 최근에도 연락을 주고
받은 기록이 있다. 길수현은 이지수를 만나 아들을 구하기 위해 류정국 사장의 아들을 유괴한 하태조
에 대해 말하며 행방을 묻고, 놀란 이지수로부터 그의 소재를 알아낸 수사팀은 모텔을 찾아가지만, 이
미 방엔 아무도 없다.

천사낡골당
경기 파주 낙원동

81

하태조는 임기응변으로 유모차를 꾸미고 범인의 연락을 기다린다. 납골당으로 이동한 하태조는 그곳에 놓인 유모차를 향해 미친 듯 달려가지만, 유모차 안에 놓인 것은 한 여인의 영정 사진. 분노로 오열하던 그의 눈에 들어온 사진 속 여인이 문득 낯이 익다.

교환직전 류정국 사장의 아이를 잃어버린 하태조.
애초에 유괴범은 아이를 교환할 생각은 없었다.
한 남자로부터 영정 사진이 놓인 유모차를 부탁받은 노부부.
모든 것이 범인이 치밀하게 계획한 일이다.
사진 속 여인의 정체는 은채린.
8년 전 사망한 그녀는 원신제약에서 일하던 그의 부하 연구원이었다.

은채린의 유골함에 환하게 웃고 있는 채린과 채린 부모의 가족사진. 그 앞에 선 길수현과 오대영.

오대영	교환직전, 아이가 사라진 거 같아. 세 살짜리가 혼자서 모텔을 벗어날 순 없었을 테고. 누군가 데려간 거지.
길수현	이 이중유괴를 기획한 범인은 하태조가 병원에서 애를 유괴하는 장면까지 촬영할 정도로
	그의 동선을 팔로우하고 있었어요. 그가 데려갔을 겁니다.
오대영	만약 그놈이라면… 왜 유괴한 아이를 다시 유괴했을까?
길수현	애초부터 교환할 생각이 없었던 거죠. 그 대신 하태조에게 명징한 싸인을 보낸 겁니다.
	8년 전, 은채린의 죽음을 기억하는가? 나는 아직 끝낼 생각이 없다.
오대영	범인이 두 아이 모두 데리고 있다면… 이제부터 그놈을 찾아야 하는 거네.
길수현	이 이중유괴의 기획자 이제부터 엑스라고 하죠.
	엑스는… 은채린 주변 인물일 확률이 높습니다. 전 은채린 쪽을 맡죠.
오대영	하태조를 집중 마크한 새끼니까… 엑스는 분명히…
	하태조 주변에 흔적을 남겼을 거야. 난 그쪽을 맡을게.
	(기분 나쁜 예감) 길팀장… 단내 나게 될 타이밍이야.
	이제부터 본격적으로 괴롭히겠다, 하고 선전포고한 거 같거든.
길수현	(끄덕) 가장 위험한 형태의 유괴예요.
	노리는 것은 몸값이 아닌 부모의 고통.

은채린
1982년 9월6일
2007년 3월6일

두 명의 아이가 유괴되었다.
아들을 유괴당한 아버지는 범인의 요구에 다른 아이를 유괴하고,
그 아이의 아버지는 어찌된 일인지 유괴 사건을 덮으려 한다.

한 남자의 실종 사건이 두 아이의 유괴 사건이 되었다.
그리고 유괴 사건은 또 다른 범죄를 가리키고 있다.

"녹은 쇠에서 나오지만, 쇠를 집어삼킨다."
막아야 한다.
악의가 모든 것을 집어삼키기 전에.

part 2

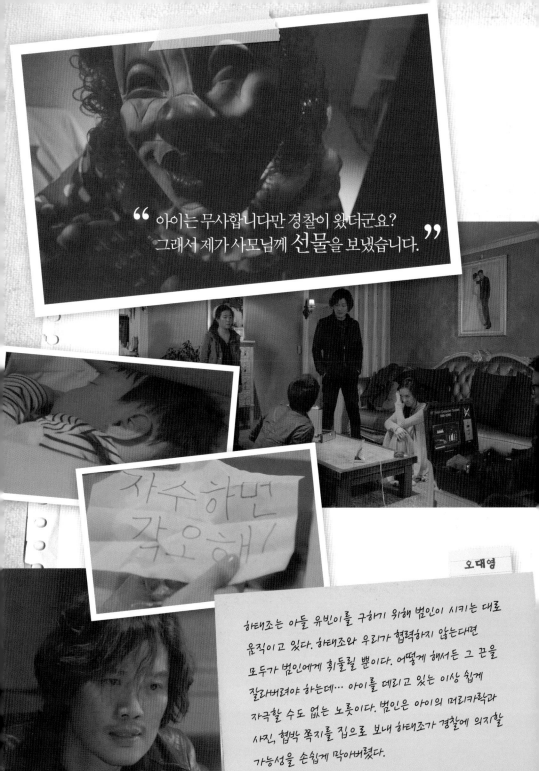

66 아이는 무사합니다만 경찰이 왔더군요?
그래서 제가 사모님께 **선물**을 보냈습니다. **99**

오대영

하태조는 아들 유빈이를 구하기 위해 범인이 시키는 대로
움직이고 있다. 하태조와 우리가 협력하지 않는다면
모두가 범인에게 휘둘릴 뿐이다. 어떻게 해서든 그 끈을
잘라버려야 하는데… 아이를 데리고 있는 이상 쉽게
자극할 수도 없는 노릇이다. 범인은 아이의 머리카락과
사진, 협박 쪽지를 집으로 보내 하태조가 경찰에 의지할
가능성을 손쉽게 막아버렸다.

87

은채린

김수현

납골당에서 범인과 하태조 사이에
존재하는 특이점. 바로 죽은 '은채린'이라는
여자다. 원신제약에서 하태조와 함께 근무한
그녀는 직장 내에서 상사와 부하직원 이상의
관계를 맺고 있었던 것 같다.
직장 내 따돌림으로 인한 분신자살이라는데…

03/05 11:00

길수현은 8년 전 은채린 자살 사건에 이 사건의 실마리가 있음을 확신한다. 뉴스에서 내보낸 영상은
원신제약의 CCTV 화면과는 다른 각도, 즉 누군가가 보안팀도 모르는 카메라를 설치한 것. 건물 구조와
CCTV 위치를 파악해 동선을 짠다면 보안팀에 걸리지 않고 작업하는 것이 가능하다.
길수현이 이를 직접 증명하자 보안팀 직원들의 얼굴이 일그러진다.

Script

강주영	사인은 급성호흡부전에 의한 질식사예요. 후두부의 심한 화상으로 인한 부종 때문에 기도가 막힌 거죠.
길수현	(사진에 가슴부터 목주변까지 깊은 화상 흔적 보고) 상체에 화상이 집중됐네요.
강주영	한순간에 목 주변을 따라 도포하듯이 넓은 면적에 화상이 발생한 걸로 봐서 그 부위에 뭔가 인화물질이 있었다고 추정할 수 있어요.
길수현	(사진의 화상 흔적 손가락으로 따라 올라가며) 목 주변에… 마치 불의 올가미처럼…
강주영	네. 그렇지 않았다면 상체 중앙에서 발화된 불꽃이 단숨에 머리를 휩싸기란 쉽지 않았을 거예요. (가리키며) 화염이 인화성 물질을 태우면서 목을 타고 올라가 호흡기에 손상을 입혔기 때문에… 현장에서 즉사할 수밖에 없는 치명적 상황이 된 거죠.
길수현	… (유심히 본다)

당시 은채린은 계속 어딘가를 보면서
걸어갔다. 선 위치를 확인하고
수시로 시간을 확인하던 그녀….
이유가 뭘까. 미리 인화물질을 묻힌 옷을
입히고 죽은 장소까지 걸어가게 한다는 것.
그게 가능했을까.

오대영

하태조의 집에서 발견된 무선도청장치!···
돌잔치 기념품인 조형물을 정작 업체에서는 모른다고
한다. 당시 리무진 서비스를 맡았던 박종명이라는
임시 직원, 이력서 기재사항은 전부 허위였다.
분명 이놈이 이번 사건과 관련이 있겠는데···
사진을 보니 왠지 낯이 익다.
생각났다! 트럭 운전사··· 갓길에 있던 하태조의 차를
들이받은 바로 그 사고 운전자!

91

Script

진서준	트럭 기사 신원이 파악됐는데요. 이름 김윤재. 38살. 직업군인이었고 2009년 중사로 전역했어요. 2013년 주민등록 말소, 현재는 주소 불명 상태입니다.
오대영	연고지는?
진서준	고아로 희망보육원에서 자랐어요. 더 이상 확인 불갑니다.
오대영	(흠…) 고속도로 갓길 교통사고는 김윤재의 계획이었어.
길수현	사고를 일으켜… 유괴를 저지른 하태조의 알리바이를 깨버리면서, 동시에 경찰을 실종 수사에 개입시킨다.
오대영	(문득 깨닫는) 이제 보니… 우리한테 던진 거였다.
길수현, 진서준	?
오대영	하태조에게 보낸 사인이라고 생각했는데… 은채린의 영정사진 말이야. 8년 전 은채린의 죽음을 알리기 위해서… 놈이 직접 우릴 불렀어.
길수현	단순한 타살이 아니에요. 교묘하게 집행한 화형. 그 죽음엔… 뭔가가 더 있을 겁니다.

8년 전, 약대를 졸업하고 원신제약 연구소 연구원으로 입사한 은채린은 직장 내 따돌림으로 물류창고로 발령되는 등 불이익을 당했다. 신경쇠약 증세까지 얻었던 그녀는 결국 견디지 못하고 자살한 것으로 처리되었다. 당시 자살의 원인을 충분히 입증할 수 있었음에도 유족들은 소를 취하할 수밖에 없었는데, 은채린이 유부남인 직장상사를 유혹하는 영상이 공개되었기 때문이다. 원신제약에서는 창고 발령이 따돌림 때문이 아닌 사내 풍기문란행위에 대한 적절한 인사였다고 주장했다. 자신이 받은 사적인 동영상을 공개한 직장상사는 바로 하태조.

8년이 지난 지금, 누군가 은채린의 죽음에 대한 책임을 묻고 있다.

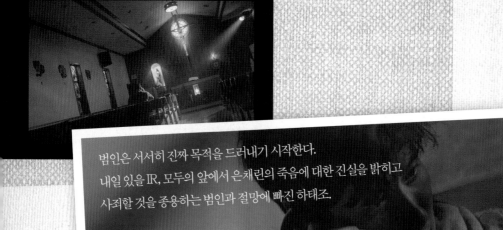

범인은 서서히 진짜 목적을 드러내기 시작한다.
내일 있을 IR, 모두의 앞에서 은채린의 죽음에 대한 진실을 밝히고
사죄할 것을 종용하는 범인과 절망에 빠진 하태조.

한편, 범인이 보낸 협박영상에서 단서를 발견한 진서준은 아이가 있는 장소
를 찾아낸다. 경기도의 한 보육원. 그리고 사건을 끈질기게 파고든 길수현은
이 모든 것이 하태조만을 겨냥한 게 아니라는 결론에 다다른다.
2007년, 원신제약의 C-3플루 백신을 접종받은 유아가 사망한 사건. 당시 내
부고발자의 제보로 제조과정에서 문제가 있었던 것이 밝혀졌다. 당시 사건을
담당한 변호사는 내부고발자와 만나기로 되어 있었지만 결국 제보자는 나타
나지 않았다. 약속한 날짜는 2007년 3월 5일. 바로 은채린이 사망한 날이었다.

길수현	선배님… 은채린은 내부고발자였어요.
오대영	뭐?
길수현	8년전. 원신제약의 백신을 접종받은 영유아 사망사건. 약의 부작용을 입증할 유일한 증인이었죠.
	(차로 다가가 차키 리모컨 누르고 서서) 은채린은… 증거물이 될 백신을 피해자측 변호사에게 넘기기로 한 날 타살된 겁니다.
	이 사건엔 은채린뿐만 아니라 8년 전 아이들의 죽음이 관련돼 있어요.
오대영	범인이 은채린을 통해… 아이들의 죽음으로 우리를 인도한 거라면?
	그럼 김윤재는 유아 사망사건 관련 인물일 수도 있다는 거잖아.
길수현	어쩌면 더 강력한 범행동기이죠. 이에는 이… 눈에는 눈.
	내 아이를 잃게 했으니… 너도 아이를 잃어라.
오대영	(뭔가 깨달은 듯 느닷없이) 3년!
길수현	?
오대영	3년이야! 김윤재가 주민등록 말소한 시기가 3년 전. 류정국의 아이가 세 살!
	김윤재는 류정국의 아이가 태어나던 순간부터 이 범행을 준비하기 시작한 거야!
길수현	그리고… 하태조의 아이가 태어나기만을 기다렸군요. 이중유괴의 계획을 실행하려고.
오대영	(치가 떨리는) …복수를 위해서 아이가 태어날 때까지 기다려? 어떻게 그래!
길수현	(서늘해져) 8년 전 영유아 사망사건이 이 유괴의 어두운 근원이라면…
	하태조와 류정국의 아이들을 부모에게 고통을 가하는 도구로 사용하려는 게 아닙니다.
오대영	아이들의 생명 자체가 복수의 타겟이야. 길팀쟁 아이들이 위험하다!
진서준	(슬라이드로 밀고 들어오는 화면) 찾았어요! 부성은행 고객, 김형준 목사, 경기도 안성의 교회에서 베이비박스 운영. 김윤재와 같은 사단의 군목으로 복무한 이력이 있습니다.
오대영	서준! 주소 불러!

범인의 말대로 따르려는 하태조는 류정국 사장에게 전화해 은채린의 죽음에 대해 모든 것을 밝히겠다고 이야기하지만 류정국은 냉정하게 하태조를 비웃는다. 이미 아들 세준을 데리고 있다는 연락을 받은 류정국 또한 자신의 아이를 살리기 위해 범인의 지시를 따르고 있었던 것. 불량 백신을 유빈에게 투여하는 류정국과 이를 지켜만 볼 수밖에 없는 하태조…
자신의 죄악, 한순간 허락했던 녹이 그의 인생을 뒤덮고, 결국 아들의 목숨까지 집어삼켰다.

원신제약의 내부 네트워크를 해킹하는 데에 성공한 진서준 덕분에 회사에서 직원들의 모든 개인정보를 불법 수집하고 있다는 사실을 알 수 있었다. 내부고발자 은채린의 모든 행동은 이미 회사에 샅샅이 사찰되고 있었다. 과거 하태조와 은채린이 주고받은 메신저 기록을 발견한 수사팀은 하태조가 동영상을 이용해 은채린을 협박한 사실을 알아낸다. 3월 5일 11시, 15분 동안 시계탑 앞 발판 위에서 촛불시위를 하라는 요구에 따를 수밖에 없었던 은채린은 그곳에서 잔인하게 불에 타죽고 말았다.

과거의 추악한 범죄가 드디어 모습을 드러내는 순간이었다.

길수현

유빈이를 찾았지만 아이의 상태가 좋지 않다.
침대 옆에 놓인 주사기와 백신. C3-B107008?
8년 전의 문제의 백신이 아닌가. 벽에 고정해놓은
휴대폰이 보였다. 유빈이의 침대를 촬영하는 위치,
범인이 하태조에게 아이가 백신을 맞는 장면을
보낸 것이다. 자신의 아이가 불량 백신을 맞는 걸
바라만 봐야 했던 아버지라니….

느낌이 좋지 않다.

순순히 체포에 응한 김윤재는 차분한 말투로 모든 걸 털어놓기 시작했다. 이라크에 파병되었던 김윤재는 돌아오자마자 은채린과 결혼할 생각이었지만, 그 사건으로 인해 사랑하는 사람을 잃고 말았다. 하태조와 류정국에게 복수할 것이지 아이들이 무슨 죄냐고 묻는 내게 김윤재는 텅 빈 눈으로 자기도 아이를 잃었기 때문이라고 말했다. 하지만 왜? 하태조의 아이에겐 불량 백신을 주사했으면서 류정국의 아이는 무사히 돌려보낸거지? 설마… 너 류정국에게 그 주사를 놓게 한 거야? 애를 돌려주는 대가로?

대답해! 그 주사를 놓은 게 누구야?!

류정국에 대한 복수심에 사로잡힌 하태조는
평소 의지하던 이지수에게 회사 자료를 가져다
달라고부탁한다. 이를 알아낸 길수현은 약속
장소를 찾고, 하태조는 당황해 황급히 숨는다.
이를 알면서도 외면하는 길수현…
대체 무슨 생각일까.

한편, 오대영은 피에로 복장을 입은 김윤재의 협박영상에서 느낀 위화감의 정체를 깨닫는다.
동영상 속 TV에서 뉴스가 나오는 시각은 바로 길수현과 그가 납골당에서 하태조를 이슬이슬
하게 놓친 바로 그 시각. 김윤재는 동영상 속 피에로가 아니었다. 김윤재에게는 공범이 있었다.

Script

오대영	들어봐. (빠르게) 고등학교 다닐 때, 별명이 '미친개' 인 선생이 있었어.
	미친개가 주는 벌 중 젤 지독한 게 뭔지 알아? 마주보고 서로 따귀 때리기.
	한 대씩 주고받다 보면, 점점 열받아서 점점 세게 갈기고 어느 순간, 앞에 있는 놈이 내 친구란 걸 잊어버리고
	온 힘을 다해 갈기는 거야. 김윤재의 복수는 이거랑 똑같아.
	즉, 하태조에게 먼저 때리게 시켰어. 류정국의 아이를 유괴했지.
	그다음엔 열받은 류정국이 갈겼어. 하태조의 아이에게 백신을 놨어. 자기 애 찾겠다고.
길수현	그래서… 주사 놓는 장면을 하태조에게 보여준 거로군요.
오대영	그렇지! 김윤재가 지금 시계만 보고 있거든. 공범도 움직이고 있어. 그리고…
	진짜 큰 … 하태조의 따귀 한 방이 남았어. 이 모든 게 가리키는 게 뭘까?
길수현	(침착하게) IR이군요.

102

기업설명회에 난입한 하태조는 신약에 관련된 모든 데이터들이 조작임을 밝혀 모두를 놀라게 한다. 자신의 아들을 되찾은 뒤 마음을 놓고 있던 류정국은 하태조의 갑작스러운 행동에 당황하지만 이내 냉정을 되찾고 발뺌하기 시작한다. 경찰에 붙들려 끌려가는 하태조. 그때 모두의 시선이 정면의 스크린을 향했다. 거기에는…

류정국의 아들 세준을 안고 있는 이지수였다. 8년 전, 자신의 아이를 결함 있는 백신으로 인해 잃은 그녀는 부작용이 있다는 사실을 알면서도 백신을 유통시킨 류정국을 용서할 수 없었다. 괴로워하며 모든 것을 시인하는 하태조. 급기야 하태조의 입에서 은채린을 죽인 것이 류정국이라는 자백이 튀어나온다.

Script

이지수	(차갑게) 당신 아들 심장 뛰는 소리가 들려?
류정국	(긴장해서 보는)
이지수	이 소리가 멎을 때… 기분이 어떨 것 같아?
오대영, 길수현	!!!!

자신의 죄를 뉘우치며 절규하는 하태조와는 달리 끝까지 뻔뻔하게 발뺌하는 류정국. 이지수는 류정국의 아들 세준에게 백신을 놓을 준비를 한다. 아슬아슬하게 이지수가 있는 호텔방을 찾아낸 길수현은 주사를 놓으려는 그녀에게 오히려 경찰이 오기 전에 어서 실행하라고 종용한다. 복수를 돕겠다는 길수현, 당황하는 이지수. 대체 어찌된 일일까. 주사를 놓으려는 길수현을 오대영이 달려들어 저지한다.

105

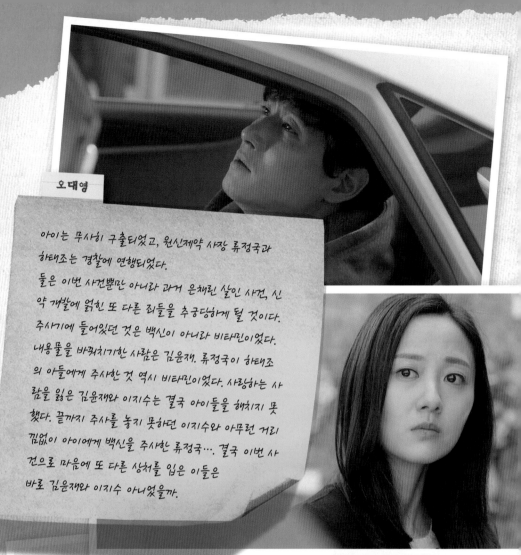

아이는 무사히 구출되었고, 원신제약 사장 류정국과 하태조는 경찰에 연행되었다.

둘은 이번 사건뿐만 아니라 과거 은폐된 살인 사건, 신약 개발에 얽힌 또 다른 죄들을 추궁당하게 될 것이다.

주사기에 들어있던 것은 백신이 아니라 비타민이었다. 내용물을 바꿔치기한 사람은 김윤재. 류정국이 하태조의 아들에게 주사한 것 역시 비타민이었다. 사랑하는 사람을 잃은 김윤재와 이지수는 결국 아이들을 해치지 못했다. 끝까지 주사를 놓지 못하던 이지수와 아무런 거리낌없이 아이에게 백신을 주사한 류정국…. 결국 이번 사건으로 마음에 또 다른 상처를 입은 이들은 바로 김윤재와 이지수 아니었을까.

잃어버리고 난 후에야 소중하게 여겨지는 것들.

하태조와 류정국은 자신의 아들을 잃고 나서야 비로소 과거의 잘못을 후회하기 시작했다. 성공적인 삶을 살았던 그들의 삶은 번쩍이는 것 같았지만 속은 온통 녹슬어 있었다. 반대로 마음 곳곳이 생채기 투성이 김재윤과 이지수는 끝까지 악인이 될 수는 없는 사람들이었다.

이번 사건 역시 누군가의 추악한 범죄를 덮기 위해 희생된 여인의 이야기가 있었다. 자신의 목소리를 내지 못하고, 해도 아무도 믿어주지 않는 억울함이 있었다.

유괴사건이 없었더라면 우리는 과거의 살인과 원신제약의 리를 들출 생각을 할 수 있었을까. 그렇다면 그 유괴사건은 '좋은 의미'를 가진다고 볼 수 있을까?

Script

앵커   오늘 검찰은 정부가 지원하는 바이오신약 개발 프로젝트에 조작된 논문을 제출한 혐의로 원신제약 류정국 사장의 구속영장을 신청했습니다. 100억 원 대의 정부 지원금을 받기 위해 류정국 사장이 산학협력 관계인 명진대학 바이오 연구소와 공모해 논문을 조작하고 신약개발과정의 문제를 조직적으로 은폐했다는 사실이 원신제약 기획본부장 하태조씨의 내부고발을 통해 밝혀졌습니다. 또한, 조사과정에서 8년 전, 원신제약 연구원이었던 은채린씨의 분신사망사건이 자살이 아닌 타살일 수 있다는 정황이 포착됨에 따라 경찰은 이 사건을 전면 재수사하기로 결정했습니다.

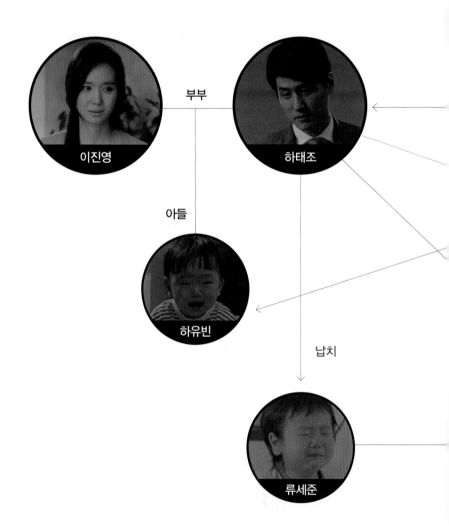

녹 : 인물관계도

이진영 — 부부 — 하태조

아들

하유빈

납치

류세준

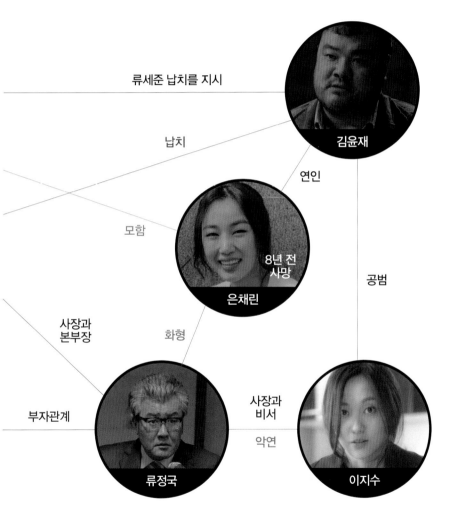

류세준 납치를 지시

납치

연인

김윤재

모함

공범

8년 전
사망

은채린

사장과
본부장

화형

사장과
비서

부자관계

악연

류정국

이지수

제작노트

이 에피소드의 특징은 단순 유괴사건이 아닌 '이중유괴' 라 할 것이다. 자신의 아이가 유괴되어 다른 아이를 유괴해야 하는 남자. 여기에 은채린이라는 과거의 인물이 겹쳐지면서 진짜 이야기의 실체가 드러나는 구성이 매우 독특했다.

유괴의 동선을 짜는 것도 힘들었지만 그것보다도 로케이션 작업이 까다로웠다. 특히 이 모든 일의 발단이 되는 '고속도로 실종' 을 찍을 도로를 찾는 과정은 거의 불가능에 가까웠다. 차들이 전속력으로 달리는 곳이라 통제를 할 수도 없고 무엇보다도 위험했다. 골머리를 앓던 끝에 스태프 중 한 명이 도로공사에서 운영하는 '시험 고속도로' 라는 것을 찾아냈다. 여러 교통 실험을 하는 실험용 도로였는데, 그곳의 도움을 받아 사실적인 고속도로 촬영을 안전하게 할 수 있었다.

_ 감독 이승영

처음 문소산 작가가 쓴 에피소드는 직장 내 따돌림 이른바 '왕따' 희생자의 의문의 자살로 출발해, 결국 그것이 내부고발자를 제거하려던 타살임이 드러나는 내용이었다. 여기에 유괴라는 소재를 접목한 건 감독님의 아이디어였다. 즉, 범죄의 중심에 있던 류정국과 하태조를 이중유괴라는 틀 안으로 끌어들인 것이다. 미처 꿈을 피워보지도 못한 꽃다운 아이들의 생명을 돈과 확률이라는 관점에서만 바라보던 두 인면수심의 범인들이, 한 아이의 부모가 되었을 때도 자신들의 아이를 향해 그렇게 말할 수 있는지 되물을 수 있었다는 점에서 유괴라는 소재의 접목은 신의 한 수였다.

아이를 유괴하는 일은 쉬운 일이 아니다. 어찌어찌 어렵게 아이를 유괴했다 해도 끝이 아니기 때문이다. 아이를 숨겨둘 안전한 공간이 있어야 하고 돌발 상황이 많은 아이를 데리고 있는 것 또한 쉽지 않다. 게다가 아이를 돌려줄 때는 어떤 방법을 취할 것인지, 돌려주지 않을 거면 어떻게 할 것인지 수많은 장애물이 뒤따른다. 이 같은 유괴 범죄에 있어 동선은 범죄의 성패를 좌우하는 중요한 열쇠가 된다. 이처럼 치밀하게 계산된 동선은 길수현의 타고난 공간감각과 추리력을 보여주기 위한 도구로도 쓰였다. 길수현이 하태조의 고속도로 차량 동선을 추리하는 장면과 은채린의 자살 장면이 촬영된 카메라가 회사 옥상에 몰래 설치됐음을 밝히기 위해 CCTV 사각지대를 교묘히 찾아 움직이는 장면이 바로 그것이다.   _작가 이유진

살인의 재구성

남석태 변호사. 올해 나이 60. 법무부장관 예정자로, 국민들의 기대와 여당과 야당 모두의 전폭적 지지를 받고 있다. 대형 권력형 비리 수사로 얻은 대쪽 같은 이미지, 시민 연대 대표로서의 서민적인 행보로 별다른 어려움 없이 장관직에 오를 수 있을 것으로 보인다. 그러나.

정작 그는 2주 전부터 소식이 끊긴 딸에 대한 걱정으로 마음이 편치 않다. 자유분방했던 딸 영은. 평소 집을 나가는 일은 있어도 이렇게까지 오랫동안 감감무소식인 적은 없었다. 세상의 눈과 귀가 자신에게 집중된 상황에서 딸을 찾기란 쉽지 않다. 고민 끝에 남석태는 평소 친분이 있던 박국장에게 딸을 찾아줄 것을 부탁하게 된다. 그리고 자연스레 그 일은 실종전담반의 몫이 된다.

법무부장관 후보자와 인연을 맺을 생각에 잔뜩 고무된 오대영은 가출한 딸 찾는 일 정도는
혼자서도 해결할 수 있다며 자신만만함을 내비친다. 카드 사용 내역을 조사한 결과
남영은은 가출 후 꾸준히 신용카드를 사용해왔다.

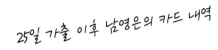

25일 가출 이후 남영은의 카드 내역

27일 화장품 구입 18,000원

28일 속옷 구입 58,000원

1일 목걸이 구입 15,000원

2일 의류 구입 32,000원

3일 가방 530,000원

남영은이 평소 친구들과 어울리던 클럽을 찾은 오대영은 그녀의 행방을 수소문한다. 남영은이 사라
져 한동안 나타나지 않고 있음에도 걱정은커녕 귀찮아하는 친구들. 넉살 좋은 베테랑 형사는 적절한
협박과 노련함으로 고위급 자제들의 협조를 약속(?)받는다. 그러던 중, 진서준이 30분 전 잠깐 켜졌
다가 꺼진 남영은의 휴대전화 추적에 성공한다. 반가운 소식에 반색하는 오대영이지만 아버지에게
보낸 딸의 메시지에는 왠지 모를 불안감이 깃들어 있었다.

아빠 나 지쳤어...
이제 벗어나고 싶어...

오대영

뭐야… 남영은이 마지막으로 문자를 보낸 곳이 이 폐건물?!
왜 이런 곳에서 문자를 보낸 거야! 사람 불안하게.

건물 안으로 들어서자 남영은의 흔적은 없고 빨간 여행 가방
하나만 덩그러니 놓여 있었다. 조심스럽게 가방을 여니 거기에
는 그동안 카드로 구입한 것으로 알려진 물건들과…
남영은이 입고 있었던 것으로 보이는 옷가지들이 담겨 있었다.
그리고 거기에는 피가 묻어 있었다. 느낌이 좋지 않다.

영은아… 어디에 있냐, 너?

116

검사 결과, 옷에 묻은 혈액은 사람의 것.
박국장과 오대영 모두 예상 외의 전개가 당황스럽다. 법무부장관
취임을 얼마 남겨두지 않은 지금, 확신도 없이 섣불리 실종자 수사를 확대할 수도 없는 노릇이다.
남영은의 휴대전화를 잠금해제한 진서준은 수상한 녹음파일을 발견한다. 물 떨어지는 소리,
무언가 긁히는 소리, 변기 물 내리는 소리, 비닐 소리 등 도무지 녹음의 의미를 찾기 힘든 소리들.
골치가 아파진 오대영은 슬쩍 길수현의 손을 빌리기로 한다.

커다란 여행 가방,
피 묻은 옷가지,
수상한 음성 파일

117

커다란 여행 가방의 지퍼를 여닫는 소리, 남자의 소변 보는 소리, 뭔가를 들었다가 놓는 소리, 비닐에 뭔가를 담아서 옮기는 소리... 소리의 정체는 유추 가능하지만 지금으로서는 이 소리들이 녹음된 의미를 알 수가 없다.

평소 고급 회원제 클럽에서 파티를 즐기는 남영은이 쇼핑했다는 물품들도 평소의 소비 패턴에 맞지 않는 비교적 저렴한 물건들뿐...

누군가 남영은의 신용카드를 의도적으로 사용하고 다닌 것이 분명하다. 그렇다면 그녀가 아버지에게 보냈다는 문자 또한 의심해볼 필요가 있다. 누군가 있다. 남영은은 가출한 것이 아니라, 그 누군가에 의해 사라진 것이다.

없다. 없어!

어찌된 일인지 CCTV 영상을 확보할 수가 없다.
이래서는 카드를 쓴 사람이 누군지 알 방법이 없다.
일주일 이상 영상을 보존하지 않는 화장품 가게,
CCTV가 설치되어 있지 않는 속옷 가게...
고장난 상가 CCTV.
이거, 진짜, 우연일까?
내 느낌적인 느낌으로는 이거... 계획적인데.

길수현

남영은의 여행 가방은 22만 원,
그녀가 가방 가게에서 쓴 카드 값은 분명
53만 원이었다. 31만 원짜리 가방을 하나
더 샀다는 말일까? 딸깍거리는 소리...
음성 파일과도 일치하는 소리다.
공기가 통하지 않는 방수 원단으로 만든
대형 가방. 생각은 점점 불길한 방향으로만
달려가는데...

남영은의 실종은 가출이 아닌 납치로 수사의 가닥이 잡혀간다. '누군가'가 CCTV에 모습이 잡히지는 않되,
사용하지도 않을 물품을 카드로 사면서 흔적을 남기는 기묘한 행동을 했다. 의도와 목적성은 느껴지지만
대체 무엇을 위한 행동인가 하는 것이 풀리지 않는 숙제.

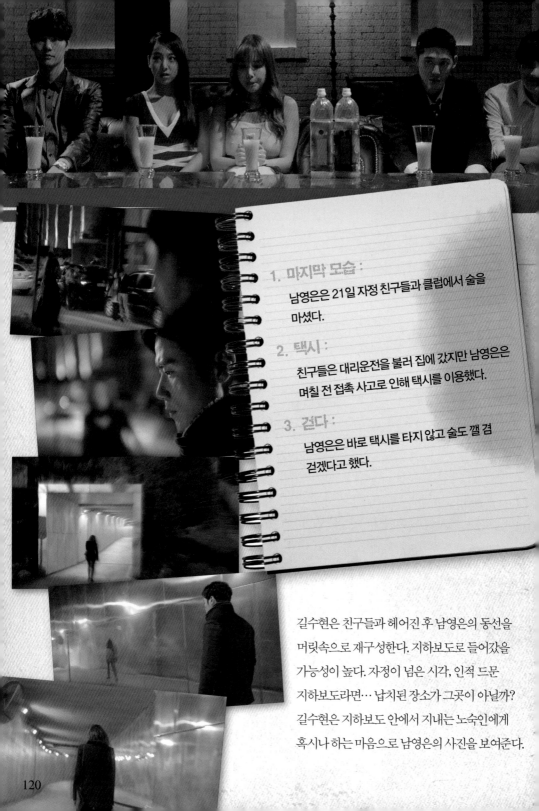

1. 마지막 모습 :
   남영은은 21일 자정 친구들과 클럽에서 술을 마셨다.

2. 택시 :
   친구들은 대리운전을 불러 집에 갔지만 남영은은 며칠 전 접촉 사고로 인해 택시를 이용했다.

3. 걷다 :
   남영은은 바로 택시를 타지 않고 술도 깰 겸 걷겠다고 했다.

길수현은 친구들과 헤어진 후 남영은의 동선을 머릿속으로 재구성한다. 지하보도로 들어갔을 가능성이 높다. 자정이 넘은 시각, 인적 드문 지하보도라면… 납치된 장소가 그곳이 아닐까? 길수현은 지하보도 안에서 지내는 노숙인에게 혹시나 하는 마음으로 남영은의 사진을 보여준다.

"기억 나. 팔찌를 차고 있었거든. 찰랑거리는 소리가 나서 얼굴을 봤지.
냄새도 좋고, 소리도 좋고… 그래서 여자 얼굴을 봤어.
예쁘더라고…."

'팔찌? 팔찌는 가방 내용물 중에 없었는데…'

"남자! 남자 하나가 여자 뒤를 쫓아가던데?
일정한 거리를 두고. 뭐, 그냥 지나갔을지도 모르지.
길을 건너려면 이 지하보도밖엔 없으니까."

평소 남영은의 사진에서 팔찌를 찾아낸 길수현은 노숙인의 증언이 사실이었음을 알게 된다. 남영은의 뒤를 쫓던 남자가 3개월 전부터 여러 차례 지하보도를 건넜다는 증언 또한 추가로 확보하지만 길수현은 용의자에 대한 정보보다도 더 마음에 걸리는 것이 있다.

Script

오대영	어쨌든 유일하게 용의자 얼굴을 본 거네.
길수현	근데… 증인으로 채택할 순 없을 거 같네요.
오대영	그게 무슨 소리야?
길수현	시간, 장소, 목격자, 납치까지 매우 정교하게 선택된 느낌이 들어요, 이 사건.
오대영	선택…?
길수현	심신 미약. 효력 없는 목격자.
오대영	…! 가만, 지금 효력 없는 목격자라 그랬어? (갑자기 떠오른 기억의 편린들) 가만 있자… 소실된 CCTV, 효력 없는 목격자, 빨간 가방… 시신 없는 살인사건!
길수현	네?
오대영	(허둥거리며) 저기 말이지, 나 좀 가볼 데가 있어… 나중에 보자고!

대화 도중 뭔가 떠오른 오대영은 황급히 어디론가 향하고, 길수현은 상가 앞주차 되어 있던 차량의 블랙박스 영상이 확보되어 진서준과 합류한다.

오대영이 간 곳은 법원 자료실이다.
기억을 더듬어가며 판례집을 뒤져
과거의 '그 사건'을 찾아냈다.

2005년 3월, 피의자 김대수는 애인이던 피해자 고동주를
수원의 한 모텔에서 살해한 혐의로 공소를 제기한다.
수사과정에서 고동주를 살해 후, 빨간 여행 가방에
유기했다는 피의자 자백을 받은 바 있고, 가방을 들고
모텔을 나가는 모습이 투숙객에 의해 목격됐다.
피의자 김대수의 차 안에서 발견된 다량의 혈흔은
감식 결과 피해자 고동주의 것으로 확인되었다. 그러나…
목격자는 상습 마약 복용자로 목격자로서의 자격을
상실. 김대수의 자백 역시 강압적 분위기에 의한 것이므로
무효. 시신이 발견되지 않았고, 살인 방법도
시간 경위도 모르는 상태에서 살인을 입증할 증거가 없으므로…
무죄?!

10년 전의 사건은 기묘하리만치 지금
남영은 실종과 닮았다. 그러나 놀람은
거기서 끝이 아니었다. 판례문을 읽어
내려가던 오대영의 눈이 휘둥그레진
다. 사건의 변호인은 다름 아닌…

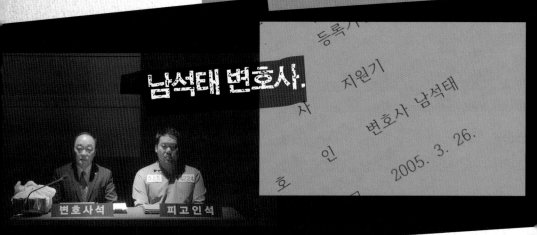

남석태 변호사.

변호사 남석태

2005. 3. 26.

변호사석   피고인석

누군가가 10년 전의 사건을 모방하여 남석태 후보를 위협하고 있는 것이다.

길수현이 향한 곳은 유력한 용의자, 고동호의 집. 삐거덕거리는 문 소리, TV, 뻐꾸기시계… 남영은의 휴대전화에 녹음되어 있던 소리와 동일한 것으로 보인다. 이곳이 바로 그 장소일까. 발견되지 않은 가방에는 비닐에 싼 시체를 넣었다?! 길수현은 어쩐지 최악의 경우를 각오해야 할 것 같은 예감에 휩싸인다.

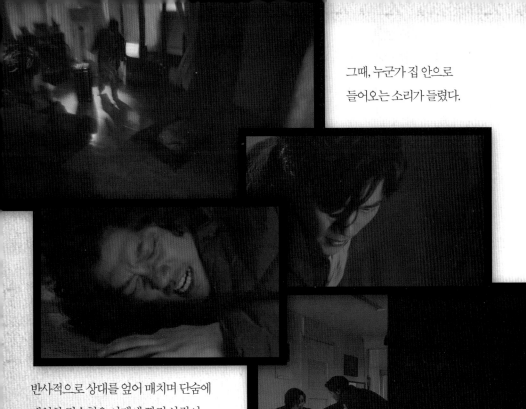

그때, 누군가 집 안으로
들어오는 소리가 들렸다.

반사적으로 상대를 엎어 매치며 단숨에
제압한 길수현은 아래에 깔린 사람이
오대영이란 걸 알고 당황한다. 오대영
역시 너무 쉽게 당한 자신이 부끄러운
모양이다.
10년 전 사건 피해자 고동주, 오대영은 그
녀의 유일한 혈육인 오빠 고동호를 찾아
온 것이었다. 자신의 동생을 죽인 범인을 변호해 무죄를 받아낸 변호사 남석태, 그가 전 국민의 지지를 받
아 법무부장관에 오르는 걸 보고만 있을 수는 없었던 것일까? 정보를 공유하려는 찰나, 고동호가 집으로
들어오다가 두 사람과 마주친다. 도주하는 고동호와 그 뒤를 맹렬히 쫓는 길수현과 오대영….

125

"형사님, 그럴듯하긴 한데… 결국 다 정황일 뿐이네요!"

고동호를 심문하는 오대영과 말없이, 그러나 날카로운 눈으로 두사람을 지켜보는 길수현.
남영은의 카드를 긁고 다닌 것부터 추궁한다. 말도 안 되는 이유를 들며 둘러대던 고동호는 10년 전
재판과 남석태 변호사에 대한 원한을 범행 동기로 지목받자 돌연 태도를 바꾼다. 순진하던 얼굴은
비열한 웃음을 띠고, 불안하고 약하게 떨리던 목소리는 이제 여유를 되찾았다.

오대영 ▶
뭐… 뭐야 이놈,
진짜 남영은을
죽인 거야?

어째서 벌써…
왜 좀 더 감추지
않는 거지?
◀ 길수현

남석태	동생한테서 마지막 문자를 받았다고 했죠? 그게 언젭니까?
고동호	실종되기 아홉 시간 전이었어요.
남석태	문자 내용이 뭐였나요?
고동호	오빠. 이제 다 끝났어… 이제 난 자유로워질 거야….
남석태	자유로워진다… 대체 뭐로부터 자유로워진다는 겁니까?
고동호	(김대수를 바라보며) 김대수!!
남석태	왜 김대수라고 확신을 하신 거죠? 그 문장 어디에도 김대수에 대한 언급은 전혀 없는데 말입니다.
고동호	데이트 폭력이 있었어요. 하루는 온몸에 피멍이 들어서 왔더라구요. 왜 그러냐고 따져 물었더니 마지못해 털어놨어요. 대수한테 헤어지자 했다고… 그래서 매를 맞았다고….
남석태	왜 신고하지 않았죠? 동생이 그렇게 매를 맞았는데?
고동호	그건…

남석태	대부분이 동생이 어디 있는지를 추궁하는 문자였습니다. 마치 의처증이 심한 남편이 아내에게 보낸 문자처럼요.
고동호	아니에요! 동주는 동생이 아니라… 나한텐 딸이었다고!
남석태	(타이르듯) 우리, 보편적이고 상식적인 시각으로 좀 따져봅시다. 딸에게 보낸 문자라고 해도, 5분 10분 간격으로 문자를 보내면 벗어나고 싶겠죠? 자, 만약. 이 자유가 김대수로부터의 자유가 아니라 증인, 즉 오빠 고동호로부터의 자유였다면?
고동호	(울컥) 아… 아니야!
남석태	결국 고동주가 죽었다는 것도, 피의자 김대수가 치정으로 인해 살해했다는 것도, 모두 정황일 뿐이군요.

Script

심문실에 홀로 앉아있는 고동호를 말없이 바라만 보고 있는 오대영과 길수현, 강주영.

오대영　　　(괴로운 듯) 불길해… 10년 전 사건이랑 데칼코마니야. 이대로라면 고동호 저 자식 자백 받아서
　　　　　　공소까지 제기하고 재판장에 세워놓든들, 남영은 시신을 못 찾으면 말짱 도루묵이 될 수도 있다고, 이거.

길수현　　　시신요?… 남영은이 죽었다고 생각하십니까?

강주영　　　법의학적 소견만 말씀드리자면,
　　　　　　10년 전이든 지금이든 피해자가 사망에 이르렀다고 판단할 근거는 없습니다.
　　　　　　발견된 혈액의 양이 죽음에 이를 정도의 치사량은 아니거든요.

오대영　　　안 죽었으면 나도 좋지만… (하면서 한숨을 쉬는데)

이제 남영은의 생사가 문제가 아니다. 문제는 어쩌면 시체의 확보 여부에 있을지도. 오대영은 시체를 유기하기 쉬운 쓰레기 매립지까지 뒤지며 수색에 열을 올린다. 고동호의 집을 들러 이것저것 살피고 합류한 길수현은 뭔가 알아낸 것 같지만 좀처럼 시원하게 말하지 않는다. 그러던 중 고동호가 자백하겠다는 의사를 밝힌다. 황급히 서로 복귀하는 오대영. 그러나 그건 단순히 경찰을 약 올리기 위한 수작에 불과했다. 한술 더 떠 자신의 변호사로 남석태를 지목하는 고동호의 뻔뻔함에 천하의 오대영도 혀를 내두르는데….

10년 전 자신의 변호에 잘못된 점은 없었다고 말하는 남석태 변호사. 자신의 직업윤리와 소명이 확실한 만큼, 다시 변호를 맡는다 해도 신념에는 변화가 없다고 단호하게 의견을 밝힌다. 하지만 딸의 생사가 불분명한 상황에서 유력한 용의자와 대면하자 그도 한 사람의 아버지에 불과했다.

Script

심문실 옆방

남석태	날 불렀다고? (묻기도 두려운 듯) 우리 영은이는… 살아 있나?
고동호	(확신에 찬 어조로) 네!
남석태	(희망적으로 바라본다)
고동호	시신을 찾기 전까진 죽었다고 말할 수 없다고 직접 말씀하셨죠?
남석태	(일그러지는 얼굴)
고동호	7년 전, 내가 똑같이 물었었죠. 우리 동주는 살아 있냐고.
남석태	나도 대답을 했을걸세. 어딘가에서 잘 살고 있을 거라고…
고동호	(일갈) 죽은 아이 두고 장난치지 말라고!
남석태	(움찔) 좋아, 왜 나인가? 왜 용의자였던 김대수가 아니고 나지?
고동호	그냥… 비위가 상해서요. 당신이 딸을 너무 사랑하는 것도, 행복한 것도, 그냥 다…
남석태	(무너지는) 이러지 말게 제발… 우리 영은이만 살려주게.
	그럼 내가 뭐든 하지… (의자에서 일어나 그대로 무릎을 꿇으며)
	제발… 그 애 어딨나? 딸애가 실종된 이후 숨만 붙어 있었지 사는 게 아니었네.
고동호	고작 2주잖아! 2개월도 아니고, 2년도 아닌, 고작 2주!
	앞으로 5년, 10년을 더 그렇게 사셔야 하는데, 마음 단부지게 먹으세요.
	(무서운) 먼저 경험해본 사람으로서 드리는 진심어린 충곱니다.
남석태	너… 너… 기어이…

심문실 옆방. 길수현과 오대영, 그 광경을 지켜보고 있다.

오대영   저거였어. 저 자식이 진짜로 노린 거. 고통받은 그대로 돌려주는 거.
               자신은 증거불충분으로 걸어 나가고, 남석태 저 양반은
               딸 시체도 못 찾고 고통 속에 살아가는 거. 아주 오랫동안…

길수현   …

심문실.

남석태   (여전히 무릎을 꿇은 채) 억울한 게 있다면, 내가 내 심장을 꺼내서라도 보상하겠네…
               그러니까 제발. 내 딸이 살아 있는지만 알려주게.

고동호   (만족스런) 제가 재판까지 가게 된다면 변호사님의 도움이 필요하겠죠?
               변호사님 능력이라면 절 무죄로 만드실 수 있을 테니.

고동호가 남석태에게 건넨 내용은
전화번호가 아니었다. 메모지 다음 장에 드러난
필흔을 통해 드러난 메시지.

"당신 딸 찾고 싶으면… 신대방역… 4번 출구 물품 보관함 8번!"

남석태보다 한발 앞서 고동호의 메모리칩을 확보한 수사팀은 동영상 파일을 분석한다.
방 한가운데에 놓인 빨간 여행가방, 지금껏 발견되지 않은 바로 그 여행가방이다. 미세하게 움직이
는 가방에 남영은이 살아있을 거라는 희망이 싹튼다. 창에 비친 십자가… 교회탑.
그리고 기차 소리. 철길. 철길 건널목이다!

"돌려 말하지 않을게. 고동주… 어디다 버렸니?"

"모… 모르죠 저는…."

"몰라? 네가 죽여놓고 왜 몰라?"

"누… 누가 잘 치웠겠죠. 어쨌든 난 몰라요.

아저씨가 시신만 잘 숨기면 다 무죄 처리해준다 그래서…."

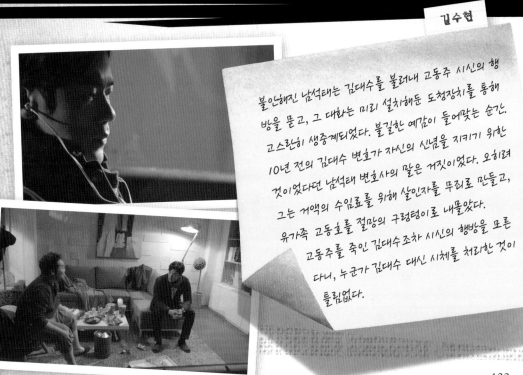

김수현

불안해진 남석태는 김대수를 불러내 고동주 시신의 행
방을 묻고, 그 대화는 미리 설치해둔 도청장치를 통해
고스란히 생중계되었다. 불길한 예감이 들어맞는 순간.
10년 전의 김대수 변호가 자신의 신념을 지키기 위한
것이었다던 남석태 변호사의 말은 거짓이었다. 오히려
그는 거액의 수임료를 위해 살인자를 무죄로 만들고,
유가족 고동호를 절망의 구렁텅이로 내몰았다.
고동주를 죽인 김대수조차 시신의 행방을 모른
다니, 누군가 김대수 대신 시체를 처리한 것이
틀림없다.

길수현은 부유한 김대수의 외가를 조사해 양평에 있는 별장을 찾았다. 부동산의 권유에도 김대수의
모친이 극구 팔지 않았다는 건물.

호화로운 별장, 최고급 마감재로 꾸며진 실내에 유독 서툰 솜씨로 막혀 있는 벽난로.
길수현이 벽돌을 부수자, 그 안에 있던 빨간 여행 가방이 모습을 드러낸다.
그리고
그 안에는…

한편 오대영은 영상 속에서 얻은 단서를 근거로 가방이 있는 가장 유력한 곳을 찾아 헤맨다. 철길 건널목 근처 십자가 탑이 있는 교회 앞, 가건물 옥탑의 방범창이 왠지 눈에 익다.

오대영은 영상이 촬영된 곳을 기어이 발견한다. 그리고 거기에 원래부터 있었던 것처럼 놓인 빨간 여행 가방에 다가선다. 불안한 예감을 떨쳐버리고 가방을 여는 오대영.

그리고

그 안에는…

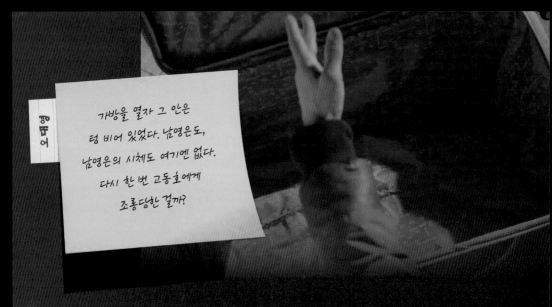

가방을 열자 그 안은
텅 비어 있었다. 남영은도,
남영은의 시체도 여기엔 없다.
다시 한 번 고동호에게
조롱당한 걸까?

반면, 길수현이 발견한 가방 안에는 가방에 맞춰 몸을 웅크린 여인의 시신이 들어 있었다.
고동주의 시신을 바라보는 길수현의 눈에 말로 형용할 수 없는 복잡한 감정이 깃든다.

길수현	(나지막이) 찾았습니다. 고동주…
고동호	(잠시 충격적인… 그러다 겨우) 살아… 있습니까? 우리 동주?
길수현	그거였죠. 당신이 진짜 원한 게. 복수를 위장해서 동생의 생사를 알아내는 거.
	19인치 TV앞에서 10년간 지속된 희망고문을 끝내는 거.
고동호	(다짜고짜 길수현의 멱살을 틀어쥐며) 개소리 집어 치우고 말해! 우리 동주 살아 있냐고?!
길수현	(묵묵히 바라보는) ……
고동호	(내내 누르고 참았던 그리움, 설움, 절망, 희망이 한꺼번에 북받치는) 동주… 어딨어요!
	제발 우리, 우리 동주 (절박하게) 동주 좀 보여주세요. 네에?
길수현	남영은부터 내놔요. 당신 목적은 복수도, 남영은도 아니잖아.
고동호	제발… 말해요. 빨리…
길수현	(그런 고동호가 안타깝지만 지지 않고) 남영은 어딨습니까?
고동호	(흐느끼며 무너지는) 동주만… 보여주세요! 그럼 시키는 대로 다 할게요…

고동주의 시체를 숨긴 것은 김대수의 어머니. 당시 근무하던 병원에서 약품을 빼돌려 시신이 부패되지 않게 방부 처리를 한 것으로 추정된다. 시신이 발견되지 않았기에 동생이 살아 있을지도 모른다는 실낱같은 희망으로 버틴 고동호. 10년 만에 다시 찾은 여동생은 실종되던 그때 그 모습 그대로였다.

지탱하던 것이 사라져버린 순간,
무너지듯 울기 시작하는 고동호.
10년간 목 안에 단단히 뭉쳤던
무언가를 토해내듯 울음을 터트린다.

오대영

남영은은 내가 올 것을 미리 알고 있었다는 듯
굴었다. 고동호가 동생을 찾았는지 묻는 그녀의
말과 표정을 보고, 모든 걸 이해할 수 있었다.
문득문득 분노가 드러났지만
언제나 슬펐던 고동호의 눈빛…
철부지 남영은을 움직인 것은 바로 하나뿐인
여동생을 찾고자 하는 오빠의 절박함이었다.

김수현

딸이 무사히 돌아오고, 자신의 출세에도 장애물이 없어진
지금 남석태의 얼굴에서는 근심 하나 찾아볼 수 없다.
오히려 고동호를 협박, 납치, 명예훼손으로 엮으려는 그를
보고 부아가 치밀었다. 고동주를 찾았다는 말을 흘리자
얼굴이 굳는 남석태… 과거의 일을 들추지 말자는 내 제안을
어느 정도까지 받아들일지 궁금하다. 아니다. 그는 정확히
그만큼 받아들일 것이다. 자신의 욕망을 신념이라는 근사한
말로 포장하며 지켜나가는 남석태에게 뭔가를 잃는다는
것이야말로 가장 큰 공포이니까.

139

어깨를 늘어뜨리고 경찰서를 나서는
고동호를 길수현과 오대영은 안타까운
눈빛으로 바라본다.

길수현

고동호의 쓸쓸한 눈빛이 좀처럼 잊히지 않았다. 다행인 점은
남석태 또한 고동호를 걸고 넘어지는 일은 없으리라는 것.
하지만 삶의 이유를 잃은 사람의 불안정함을 그저 연민의 대
상으로만 생각해선 안 되는 거였다.
경찰서를 벗어난 고동호는 김대수를 찾아가 10년 전에 그가
치르지 못한 죗값을 치르게 했다. 사람을 죽인 자, 그 목숨으
로 갚으라고 말하는 듯했다.
힘 있는 자들만을 위한 법 앞에서 고동호가 느낀 절망감은
어땠을까.
어쩌면 지금 이 사회의 법은 더 이상 고동호에게 의미 없는
것일지도 모른다…

고동호가 경찰서를 빠져나간 지 얼마 되지 않아 살해된 김대수.
이제 고동호가 향할 곳은 분명하다.
청문회장. 법무부장관 취임을 앞둔 남석태가 있는 곳.

청문회를 마치고 나오는 남석태에게 기자들이 몰려든다. 그리고 건너편 옥상에는 금방이라도 뛰어내릴 것같이 위태롭게 고동호가 서 있었다. 그는 길수현에게 전화를 걸어 김대수를 죽인 사실을 털어놓는다.

고동호	형사님… 제가 사람을 죽였어요…
길수현	알아요… 일단 내려와요!
고동호	김대수 그 자식 죽인 건… 후회하지 않거든요… 근데 저요… 제2, 제3의 남석태가 있는 그런 법정에서 심판받는 건… 이건 좀 무서워요.
길수현	(마음 아프지만 간절하게) 고동호씨! 그 맘 다 알아요. 그 맘 이해해요. 그래도 죽지 말아요….
고동호	(말을 막듯) 우리 동주 찾아주셔서… 정말 고마웠어요….

141

고동호의 집에서 증거물로 압수한 호러영화 〈살아 있는 시체들의 밤〉을 혼자 보고 있는 길수현.
오대영이 들어오자 옆에 놓인 봉투를 들고 밖으로 나가버린다.

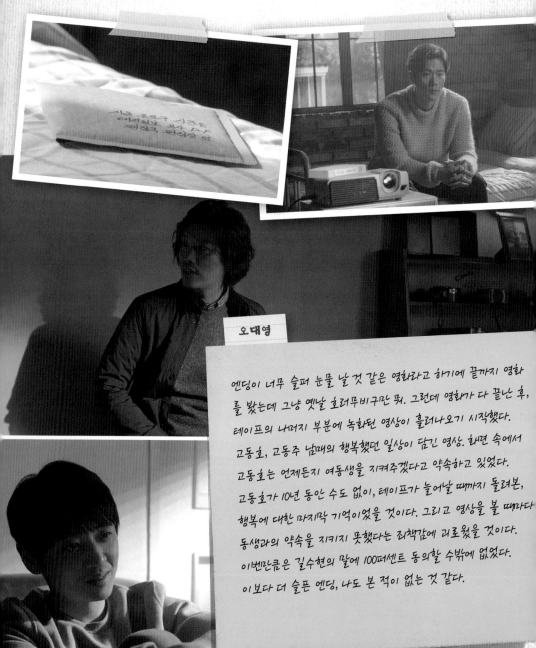

오대영

엔딩이 너무 슬퍼 눈물 날 것 같은 영화라고 하기에 끝까지 영화를 봤는데 그냥 옛날 호러무비구만 뭐. 그런데 영화가 다 끝난 후, 테이프의 나머지 부분에 녹화된 영상이 흘러나오기 시작했다. 고동호, 고동주 남매의 행복했던 일상이 담긴 영상. 화면 속에서 고동호는 언제든지 여동생을 지켜주겠다고 약속하고 있었다. 고동호가 10년 동안 수도 없이, 테이프가 늘어날 때까지 돌려본, 행복에 대한 마지막 기억이었을 것이다. 그리고 영상을 볼 때마다 동생과의 약속을 지키지 못했다는 죄책감에 괴로웠을 것이다. 이번만큼은 길수현의 말에 100퍼센트 동의할 수밖에 없었다. 이보다 더 슬픈 엔딩, 나도 본 적이 없는 것 같다.

142

제작노트

자본주의 사회에서는 법과 정의도 돈과 권력에 의해 좌지우지되는 광경을 심심찮게 볼 수 있다. 같은 사건을 두고도 '법적 해석'을 어떻게 하느냐에 따라 판결이 달라질 수 있기 때문이다. 이에 가진 자들은 자신이 가진 것들을 이용해 교묘히 법망을 빠져나간다. 그렇다면 과연 그 법은 누구를 위한 것일까? 최종화에서 홍진기가 말한 것처럼 법이란 법 아래 있는 사람들에게만 적용되는 것은 아닐까? 어쨌든 이 에피소드를 쓴 최경미 작가는 끝내 고동호로 하여금 자살을 선택하게 했다. 제2, 제3의 남석태가 있는 법정에서 판결받고 싶지 않다는 의지를 굽히지 않았기 때문이다. 안타까운 일이지만, 그의 안타까운 죽음이 긴 여운을 남기며 강렬한 메시지를 던졌을지 모른다.

_작가 이유진

EPISODE
04

예고된 살인

이 영상을 보고 있다면… 저는 이미 죽었을지도 몰라요.
2주 전에 경찰에 신고도 했어요. 그런데 아무도 제 말을 안 믿어요.
살려주세요. 저… 살해당할지도 몰라요.
저 진짜 죽을 것 같다고요…. 저 좀 살려주세요.

이틀 전 업로드되어 인터넷을 발칵 뒤집어놓은 한 동영상.
화면 속에서는 겁에 질린 한 여자가 살해 위협을 받고 있다며 절박하게 호소하고 있다.
동영상을 본 누리꾼들은
페이크 동영상, 바이럴 마케팅
등을 의심하며 장난스러운
댓글을 달지만 한편으로는
진짜가 아닐까 불안해한다.

동영상을 본 친구의 신고를 접수한 경찰 조사 결과 실제로 3일째 행방이 묘연하다는 것이 밝혀진다.
사회적으로 크게 이슈가 된 사건인 만큼, 실종전담팀이 즉각 맡아 실종자 추적에 나서는데.

진세준

실종자의 이름은 이지은.
2월에 한국미대 졸업, 독일로 유학을
떠날 예정이었다.
어머니는 중학교 때, 아버지는 작년에 사망해
혼자 살았음. 실제로 2주 전에 관할지구대에
미행당하고 있다며 신고한 기록이 있다.
동영상 포스팅 후 생활반응 없음.
그나저나… 파일명이 10-6-13?

혼자 찍은 동영상에 녹화버튼을 누르고
끄는 장면이 없다?
위협받는 상황에서도 편집은 잘 되어 있다.
살해당한다는 건 전달하면서 누가 노리고
있다는 건지는 밝히지 않았다.
구체적 정보는 하나도 없는, 단지 감정에
호소하는 메시지….
하지만 가짜라고 판단하기에 저 눈빛은 진짜다.
그게 마음에 걸려.

모호한 살인 예고
사라진 피해자
지나치게 세밀한 그림

이지은의 집을 찾은 김수현. 유학을 앞둔 탓인지 방 안은 기본적인 가구만 남기고 정리된 상태.
최근에 단 것으로 보이는 여러 개의 보조자물쇠… 정말로 누군가에게 위협을 받아
불안했던 걸까? 감식반이 샅샅이 뒤졌지만 집에서는 수상한 지문도, 혈흔도 발견되지 않는다.
특이한 점이라면, 텅 빈 방에 붙어 있는 넉 장의 유화.
극사실주의 작품을 연상시킬 정도의 세세한 디테일이 보는 이를 긴장시킨다.

컨테이너.
방범창 달린 창문에 끊어진 끈이
비죽 내려와 있다.
누군가 목을 맨 것처럼.

아파트 베란다. 눈 내리는 창밖 풍경.
겨울인데도 창문이 활짝 열려 있다.
마치 누군가 나간 것처럼.

수북하게 차량을 덮은 낙엽.
꽤 오랫동안 한 곳에 주차되어 있다.
사람의 왕래가 드문 곳이겠지.

저수지.
누군가 빠진 것처럼
한가운데로부터 서서히 퍼져가는 파문…

길수현

청빈각
신속배달
031-650-8282

어딘가의 방을 그린 그림, 책상, 간이옷장,
냉장고 등 세간이 보인다.
다소 답답해 보이는 방 안...
그림 속 배달 스티커를 확대해보니
경기도 광주에 존재하는 중화요리집의
번호였다.

CCTV 영상을 분석하며 실종자 동선을 파악하려 애쓰는 오대영은 이지은이 나오는 화면마다 묘하게 자주 등장하는 한 남자가 신경 쓰인다. 그리고 이지은이 없어진 날부터 영상에서 함께 사라진, 자전거를 탄 남자…

"CCTV 사각지대에, 가로등까지 깨졌고,
밤 9시가 넘은 그 날엔 30분이 넘어도 개미 새끼 한 마리 안 지나갔어…
타이밍, 장소 여기가 최적이다. 나라면 여기서 죽였을 것 같은데,
어쩐지 자탄새 이 새낀 따라다니기만 한 그런 느낌적인 느낌?!
아, 자탄새는 줄임말이야. 자전거 탄 새끼의 줄임말. 에헴."

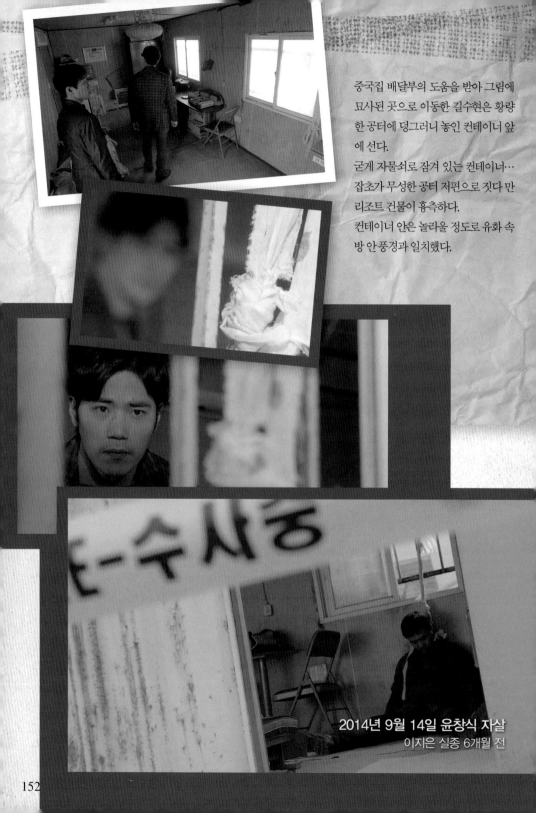

중국집 배달부의 도움을 받아 그림에
묘사된 곳으로 이동한 길수현은 황량
한 공터에 덩그러니 놓인 컨테이너 앞
에 선다.
굳게 자물쇠로 잠겨 있는 컨테이너…
잡초가 무성한 공터 저편으로 짓다 만
리조트 건물이 흉측하다.
컨테이너 안은 놀라울 정도로 유화 속
방 안 풍경과 일치했다.

2014년 9월 14일 윤창식 자살
이지은 실종 6개월 전

담당형사	(사건파일을 연다) 윤창식. 서른여덟 살. 6개월 전에 변사체로 발견됐어요.
	여기 공사장 인부였는데, (창문을 가리키며) 저기, 방범 창틀에 목을 맸어요. 경부압박 질식사.
길수현	자살 동기는 뭡니까. 유서는요?
담당형사	없었어요. 같이 일했던 사람들 이야기가, 젊은 사람이 정신이 좀 오락가락했답니다.
	밤만 되면 공장을 지켜야 한다고 잠도 안자고 그랬대요. 어디 전쟁이라도 하는 사람처럼.
길수현	공장이라…최초 발견자는 누굽니까. 혹시 이 여자 본 적 있습니까.
	(길수현이 내미는 건, 지은의 사진이다)
담당형사	(고개 젓는) 동네 애들이 신고했어요.
길수현	혹시 사건 현장의 사진이 유출된 적 있나요? 해킹을 당했다거나 .
담당형사	그런 일 없어요. 특별난 사건도 아니고.
길수현	(현장 사진 내려다보는, 불길한) 실종에 이젠 자살이라…

이지은의 집에서 발견된 유화 넉 점.
그중 한 장의 그림이 윤창식의 자살 현장을 묘사한 것으로 밝혀지자
자연스럽게 다른 그림들의 의미에도 관심이 쏠린다.

Script

길수현   한마디로 정리하면 네 그림 모두 죽음을 연상시킵니다.

                남은 세 그림 속 장소들도 컨테이너처럼 실제로 존재하는 장소일 겁니다.

오대영   그럼 나머지 장소에서도 죽은 사람이 더 나올 수 있다는 거네, 그런데.

                이지은 찾다가 뜬금없이, 아니 왜 사람 찾기가 숨은 그림 찾기가 된 거야?

길수현   생각해보시죠. 유학을 가려고 정리한 빈 방에 어울리지 않게 이 그림들만 붙어 있습니다.

                대체 그림을 남기고 사라진 이유가 대체 뭘까요?

                분명한 건 이 그림들이 이지은의 실종과 연관이 있다는 겁니다.

                아마도 중국집 전화번호처럼, 그림 속에 어떤 단서가 있을 겁니다.

진서준

이지은의 물건들.

2G폰.

방명록.

6개월 전에 마지막으로 쓴 일기.

그 시기에 메일 계정까지 휴면이 되었다.

대체, 그때 어떤 일이 있었던 걸까?

그림 속 장소를 찾은 오대영,
그러나 그곳에는 이미 아무도 살고 있지 않다.
불길한 예감에 사로잡혀 경비원에게 물으니
그 집의 가장이 베란다에서 뛰어내려 자살했
다고 한다. 그 후로 아무도 사겠다는 사람이
없어 계속 비어 있다고.

두 번째 그림

오대영

속은 머리로 잡는 것이라도,
확인은 다리로 하는 법.
몸은 좀 피곤해도 가장 확실한 방법은
발로 뛰는 거다.
위치와 각도로 봤을 때
그림 속 아파트는 바로 **1103호.**

누군가의 죽음을 가리키는 그림들.
죽음의 미스터리를 풀기 위해서는
먼저 그림 속에 담긴 수수께끼를 풀어야 한다.

2014년 3월 4일 김성태 자살
이지은 실종 12개월 전

155

세 번째 그림

곧바로 움직인 오대영과는 달리 찬찬히 그림 하나하나를 자세히 들여다보는 길수현. 극도로 세밀하게
그린 이지은의 유화에는 분명히 어떤 단서가 들어있을 거란 확신이 있다. 낙엽으로 덮인 자동차를 확대
경으로 보니, 운전석에 놓인 신문에 적힌 날짜가 보인다.

2014년 11월 27일.
자신의 차량에 번개탄을 피우고 자살한 남자.

...가장, 차량 내 번개탄 피운 채 사망
...비관 자살로 잠정결론

길수현

그저 풍경화로 보고 넘겼다면
수수께끼에 불과했겠지만,
유화 속 메시지들은 직접적으로
누군가의 죽음을 가리키고 있다.
공주시 연화동 저수지 인근에서
자살한 남자.
이걸 이야기하고 싶었던 걸까?

2014년 11월 27일 강윤구 자살
이지은 실종 4개월 전

세 장의 그림에는 세 사람의 죽음이 담겨 있었다.
각각 다른 방법으로 스스로 목숨을 끊은 남자들 사이에는 어떤 연관이 있었던 걸까?
그리고 이지은과는 무슨 관계이기에 그녀는 이들의 죽음을 그림으로 그렸을까.

아직 남은 한 장의 그림 또한 누군가의 죽음을 가리키고 있을 것이다.

157

이 모든 죽음과 이지은을 하나로 묶는

키워드는 바로 **도언공장.**

죽은 세 남자와 이지은의 아버지는
모두 같은 공장에서 일했던 사이였다.
한 공장에서 일했던 사람들이 1년 사이에
네 명이나 죽었다.

그녀는 그림을 통해 이들의 죽음이 우연이

아니라고 말하고 싶었던 걸까? 아니면 자살이 아니라 타살이나 다름없음을 고발하고 있는 것일까.
생명의 위협을 받고 있다며 동영상 속에서 절박하게 호소하던 모습… 실종 직전 그녀를 미행한 수수
께끼의 남자를 생각하면 더더욱 불안해지는 두사람이었다.

이지은의 아버지 이종호의 사인은 불명.
외부 충격도 없었고, 신체에 이상징후를
보인 곳도 없었다. 수면장애로 시달릴
정도의 스트레스를 받고 있었던 것으로
보아 30~40대 직장인들에게 주로 발병
하는 청장년 급사증후군을 의심할 수 있
다고 하는데….

5년 전, 도언 공장에선 127명의 정리해고를 단행한다.
파업에 돌입하며 대립했던 사측과 노조.
이종호는 해고 대상이 아니었음에도 해고자들을 위해 파업에 참여했다.
회사의 노조 흔들기에도 불구하고 파업이 계속될 수 있었던 것은 모두의 존경을 한 몸에 받던 이종호가 있었기 때문.
모두를 독려하며 파업을 지속하던 이종호가 어느 날 돌연 입장을 바꿔 회사로 돌아갔고, 파업은 진압되었다. 특히 김성태가 회사의 50억 원대 손해배상 청구로 인해 자살하면서 이종호는 존경의 대상에서 공공의 적이자 용서받지 못할 배신자가 되었다.

길수현

이제 그의 장례식에 아무도 가지 않은 것이 설명이 된다.
아버지의 장례 직후 여기저기 수소문했던 이지은 또한 그걸 깨달았을 테지.
해고로 삶이 망가진 사람들. 그들의 자살….

김성태는 가압류로 아내를 잃고 베란다에서 뛰어내렸다.
윤창식은 용역에게 폭행당한 후 생긴 외상 후 스트레스 장애로 인해 결국 목을 매달아 스스로 목숨을 끊었다.
강윤구는 동료들을 배신했다는 죄책감과 미안함으로 괴로워하다 차 안에서 자살했다.
이들의 죽음이 자살이 분명한데도, 지금의 흐름은 꼭 이 죽음에 뭔가 더 있다는 걸 암시하는 것만 같다.
이지은은 대체 뭘 말하고 싶었던 거지?

비밀리에 수사 중이던 이지은 실종사건이 언론에
노출되면서, 경찰에 대한 여론이 좋지 않다. 이t
다 시신이라도 발견되면 경찰의 은폐 의혹과 두
능이 도마에 오를 수 있는 상황. 그러나 이지은은
아직 살아 있다. 6시간 전 공주에서 찍힌 영상, 런
임없이 불안해하며 어디론가 이동하는 이지은…

Script

길수현	처음엔 이 동영상이 거짓이라고 생각했어요. 근데 갑자기 진심일 수도 있다는 생각이 드네요.
	참 이상한 동영상이죠?
진서준	(지은의 눈빛 보다, 제목에 다시 시선이 가고 10-6-13) 이상한 게 하나 더 있어요.
	저 동영상 이름이요. 동영상 올린 날짜도 아니고, 파일명을 직접 입력한 것 같은데…
길수현	'그림이 하나 남았다. 죽을 사람이 더 있다면…'
	서준 씨, 이종호 주변에 세 사람 말고, 5년 전 일과 관련이 있거나 특별히 친했던 사람은 없습니까.
진서준	(파일 뒤지더니) 있어요, 이지은 아버지 이종호가 믿고 의지했던 사람.

이지은 동영상의 파일명은
2010년 6월 13일의 일기를 가리키는
일종의 메시지였다.
그날은 이지은이 친구의 손에 이끌려 처음으로
미술학원에 간 날.
천부적인 재능을 타고났지만
어려운 집안 형편을 생각해서 꿈을 접으려 했던
이지은이었다. 하지만 취미 이상의 실력을 인정
받은 그녀는 아버지에게 미대에 진학하고 싶다
는 뜻을 밝힌다.

동료들의 권익을 위해 모든 것을 걸 각오를
했던 이종호를 굴복시킨 것은 회사의 강압
도, 회유도 아니었다. 흔들리지 않는 아버
지의 군건한 투쟁의지는, 사랑하는 딸의 꿈
앞에서 너무도 쉽게 무너져 내렸다. 해고

대상이 아니었던 그가 사정을 설명했더라면 모두와 원수가 되지는 않았을지도 모르는 일이지만, 이종호는
군이 설명하지 않았다. 동료들을 버린 죄책감을 평생 지고 살 생각이었을까. 하지만 동료들의 삶이 망가져
가는 모습을 지켜보는 일은 이종호가 견딜 수 있는 고통을 넘어선 것이었다.

"종호가 새총까지 쐈다는 거 말이오. 이상하게 하나도 못 맞혔어요.
보니까 우릴 향해서 쏜 게 아니라 그 바보 같은 자식이 허공에 대고 쏘고 있더라고.
그게 내가 아는 종호였소. 종호 때문에 사람이 죽은 것도, 지은이 때문에 죽은 것도 아니오,
지은이 그 가여운 게 무슨 잘못이 있다고…"

종호형, 거긴 살 만해?
형한테 미안한 거 지은이한테 갚고 갈게.
지은이 주려고 오늘 물감 샀어. 젤 비싼 걸로.
나도… 곧 갈게.

형… 장례식에 못 가서 미안하다.
근데 왜 죽었냐… 살지… 버티지….
미안하다, 형….

형… 내가 미안해… 그땐 내가 정말 몰랐다.

"나 때문에… 모두 다 죽은 거야…"

오대영

그들은 서로 미워한 것이 아니었다.
미안해하고, 서로 그리워하고 있었다.
하나뿐인 딸을 위해 동료들과의 연대를 깬 이종호.
2010년 6월 13일.
이지은은 자신이 미술을 배우겠다고 한 것으로 인해
이 모든 비극이 시작되었다고 여기는 것 같다.
하지만 그렇다고 해도… 지금의 이 상황은 뭐지?

이지은을 뒤쫓는 놈의 정체는?

길수현

남자의 손의 저 문양. 설마...
청부살인조직 트라이앵글인 건가?
필리핀을 기반으로 활동하는 그들은 점조직 형태로
움직여 쉽게 배후를 밝힐 수 없는 자들이다.
타깃을 제거한 후, 청부 의뢰인에게만 성공의 의미로
삼각형 문자를 보내는 것으로 알려져 있다...
　　　살인청부업자가 이지은을 바짝 쫓고 있다.
　　　더 늦기 전에 이지은을 찾아야 한다!

오대영

한국이 본거지가 아닌 이상 누군가 한국에서
놈의 활동을 지원했을 것이다.
공항에서부터의 행적을 추적해 다다른 곳은
국내 용역업체.
너희들... 돈 되는 일이면 뭐든지 다 하는 건
알지만 이건 좀 아니지 않나?
말이 안 통하는 놈들에겐 주먹이 약이지.

말해, 이 새끼야!

이지은이 마지막으로 CCTV에 잡힌 공주 고산동 근처의 특정 건물과 지형을 검색하던 진서준은 미림 저수지를 보고 화들짝 놀란다. 이지은의 그림들 중 아직 의미가 드러나지 않은 마지막 그림은 바로 미림 저수지를 묘사한 그림이었다. 네 번째 그림은… 아직 일어나지 않은 죽음을 그린 것. 이지은 자신이 죽을 장소로 미림 저수지를 염두에 두기라도 한 듯. 죽음으로부터 벗어날 수 없는 운명을 예감한 것일까.

네 번째 그림

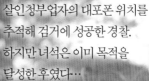

살인청부업자의 대포폰 위치를
추적해 검거에 성공한 경찰.
하지만 녀석은 이미 목적을
달성한 후였다…

길수현

사건을 조사하는 내내 뇌리를 맴도는 불안감을
떨칠 수 없었다.
이지은의 시신과 마주하는 순간을 생각지 않으려고
무던히도 노력했다.
하지만 이번에도 간발의 차로 이지은을 구하지
못했다. 이지은은 죽음을 피할 수 없다는 걸
알고 있었던 걸까.

조금만 빨리…
조금만 더 일찍 도착했더라면…

살인을 청탁한 배후를 밝히기 위해 오대영은 밤새 킬러를 심문하지만
굳게 다문 입은 열리지 않는다.
절망감에 사로잡힌 오대영과는 달리 길수현은 이지은의 휴대전화를 만지작거리며
뭔가를 골똘히 생각하고 있다.

"청부 살해면 알리바이 확인된 사람들도 다시 죄다
확인해봐야 하는 거 아냐? 회사 사람들 말야.
청부업자랑 관계된 그 용역업체, 5년 전 도언공장 파업 때
경비 담당이었어. 회사 쪽이랑 연결되어 있는 것이
아닐까?"

오대영의 말을 듣고서야, 길수현은 비로소 이번 사건의 진짜 얼굴과 마주한 기분이었다.

김수현

의뢰받은 살인 완료후 의뢰인에게 보내는
트라이앵글의 문자…
이지은의 휴대전화에 찍힌 삼각형 문양을 보고
나는 혼란스러웠다.
살인 청부를 의뢰한 사람이 이지은 자신이었다는
사실을 어떻게 받아들여야 할까.
오히려 누군가 이지은의 자살로 꾸며 모든 것을
끝내려고 한다는 분석이 보다 타당하지 않을까.
하지만 오대영의 말을 듣는 순간, 나는 이것이
이지은이 원했던 결말임을 받아들일 수 있었다.

길수현	자살이지만 자살이 아니어야 했겠지.
	범인이 있어야만 그들을 의심할 수 있으니까.
	청부 의뢰인만 밝혀지지 않으면…
	완벽한 미제사건.
	나만 모른 척한다면… 그렇다면…

사건의 종결을 선언하는 박국장과 묵묵히 그 말을 듣고 있는 길수현. 오대영은 억울함에 몸부림친다. 회사 관계자들을 모두 조사해서라도 살인을 사주한 진범을 잡아야 한다며 박국장에게 대드는 오대영. 하지만 길수현이 동조해주지 않자 답답한 마음에 밖으로 나가버린다. 진상을 알고 있는 길수현과 어느 정도 상황을 파악한 진서준이지만 오대영에게 모든 것을 털어놓기가 쉽지 않다.

길수현은 저수지에 이지은의 휴대전화를 던져버린다.
이것은 완벽한 미제사건이 될 것이다.
아직도 투쟁하고 있는 이들이 가장 필요로 하는 사회적 불씨가 될 것이다.

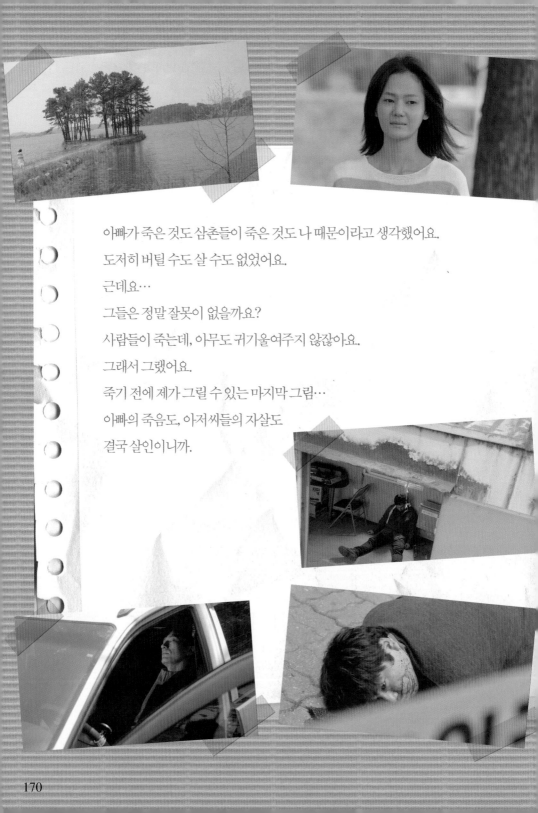

아빠가 죽은 것도 삼촌들이 죽은 것도 나 때문이라고 생각했어요.

도저히 버틸 수도 살 수도 없었어요.

근데요…

그들은 정말 잘못이 없을까요?

사람들이 죽는데, 아무도 귀기울여주지 않잖아요.

그래서 그랬어요.

죽기 전에 제가 그릴 수 있는 마지막 그림…

아빠의 죽음도, 아저씨들의 자살도

결국 살인이니까.

기억해주세요, 이 죽음들을.
그리고 이젠…

죽지 말아요.

남석태 법무부 장관이 익명으로 제보된 녹취파일이 공개되면서 자진 사퇴했다.
뉴스로 이 소식을 접한 오대영은 과거 길수현이 들고 있던 녹음기를 떠올리고,
익명의 제보자가 길수현이 아닐까 의심하기 시작한다.

길수현에게는 아직도 내가 모르는 부분이 많은 게 아닐까.
사건의 해결에 대한 우리의 의견은 어쩌면 조금
다를지도 모른다.
이지은 사건의 조기 종료... 남석태 때처럼 내가 모르는
뭔가가 있지는 않을까?
생각해보면 지금까지의 모든 사건에서
뭔가 찜찜한 부분들이 있었는데...
길수현에 대해 좀 더 알아둘 필요가 있을 것 같다.
만약을 위해서.

제작노트

한창 드라마를 준비하며 아이템 회의를 이어가던 어느 날, 후배가 책을 한 권 선물해주었다. 공지영 작가의《의자놀이》. 탄현과 수색을 오가는 지하철 안에서 그 책을 읽으며 수없이 눈물을 흘렸다. '사람은 자본이나 기계, 원료 같은 경영의 한 요소가 아니다. 사람은 그저 사람이다'라는 머리말부터가 내 가슴을 '땅' 하고 쳤다. '함께 살자! 함께!'라는 말과 함께.

책을 읽는 내내 '가만히 있는 것, 포기하는 것, 잊어버리는 것은 가장 비겁한 행동이다'라는 소설가 존 가드너의 말이 머리에서 떠나지 않았다. 정리해고로 인해 삶이 무너진 사람들의 고통에 대해 나와는 상관없다는 이유로 외면하고 눈 감고 살았던 나의 실체를 발견한 것이다. 이에 그들의 이야기를 하고 싶다는 강렬한 생각으로 회의에 참석했는데, 이은미 작가가 그 아이템으로 에피소드를 만들고 있다는 말에 너무도 반가웠다. 결정적으로 이 에피소드의 제작과 방영을 허락한 CJ E&M에 감사한 마음을 전한다.

사실, '이 에피소드는 좀 더 많은 사람들이 보고 함께 공감하고 아파해주었으면…'하고 개인적으로 바라기도 했다. 정리해고는 노동자들에게 단순히 직장을 빼앗은 것이 아니라, 그들의 삶과 꿈을 송두리째 빼앗는 '사회적 살인'이기 때문이다. 지금도 어디선가 고통 속에 홀로 생명을 놓아버리는 이들이 더는 없기를 바라는 마음으로 간절히 말해본다.

"죽지 말아요."

_작가 이유진

EPISODE
05

HOME

HOME

실종전담팀이 생긴 후, 사건 해결이라는 성과와는 별개로 의도치 않은 결과들이 박국장을 난처하게 한다. 정부 사업을 주관하던 제약회사의 몰락과 남석태 법무부장관의 사퇴가 경찰 상층부의 심기를 건드린 것. 길수현의 과거를 조사한 오대영은 그의 불안정함을 이유로 들며 불만을 토로하고, 박국장은 오대영을 다독여 팀을 계속 유지하고자 한다.

"능력보다 위험도가
앞서면 곤란한데 말이지…."

"대영아, 나는 너희 팀
계속 갔으면 좋겠는데."

어느 공원, 길수현은 한 사내에게 개인적으로
부탁한 자료를 건네받는다.
그 모습을 멀리서 지켜보던 고스족 복장의 소녀가
길수현에게 다가와 당돌하게 말을 건다.

Script

소녀	아저씨, 사람 찾아주는 사람이지?
길수현	(본다)
소녀	이름 몰라도 찾을 수 있어? (사진을 내밀며) 똑똑해서 박사라고 불렸어. 아는 건 이게 다야.
길수현	(냉정하게) 그정도 정보로는 사람을 찾을 수가 없는데.
소녀	자, 잠깐만⋯ 이거 내 전 재산이야. 꼭 찾아줘.
길수현	(소녀의 절박함에 흔들리는) 그래 그러면, 네 이름이랑 연락처⋯
소녀	(자리에서 일어나버린다.)
길수현	이 아이를 찾으면 어떻게 연락하지?
소녀	찾기만 해. 다 알 수 있으니까.

길수현

당혹스러운 부탁이었지만 소녀의 절박함이
눈에 밟혀 덜컥 일을 맡았다.
하지만 지금은 내 능력보다는 진서준의
사이버 추적이 필요한 시점.
일단 사진 속 박사라는 아이가 입은 교복과
실종 접수 기록 등에 대한 조사를 부탁했다.
그런데 항상 궁금했던 것.
진서준의 목에 있는 문신은 무슨 의미일까.

177

사진 속 소년의 정체는 인천의 한 자율형 사립고등학교에 다니던 학생 이동우. 돈을 받고 시험 답안지를 팔다가 적발되어 퇴학당했다. 폭력을 휘두르는 아버지와 떨어지기 위해 필사적으로 기숙사 비용을 마련하려고 했던 것으로 보인다. 석 달 전, 요금미납으로 휴대전화는 해지되었으며 온라인상의 흔적 또한 그 시기에 남긴 것이 마지막. 현실에 대한 원망과 울분을 토로하는 글들 아래 마지막으로 남긴 동우의 글 한 줄이 마음에 걸린다.

실종자 : 이동우
직업 : 고등학생(지금은 퇴학 상태)
마지막 흔적 : 석 달 전 온라인에 남긴 마지막 글

"누구나 가족이 되고 아무도 버리지 않는 그곳으로…."

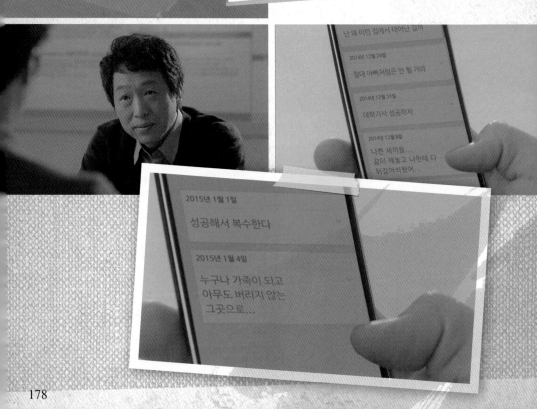

난 왜 이런 집에서 태어난 걸까

2014년 12월 24일
절대 아빠처럼은 안 될 거야

2014년 12월 31일
대학가서 성공하자

2014년 12월 8일
나쁜 새끼들…
같이 해놓고 나한테 다
뒤집어씌웠어…

2015년 1월 1일
성공해서 복수한다

2015년 1월 4일
누구나 가족이 되고
아무도 버리지 않는
그곳으로…

178

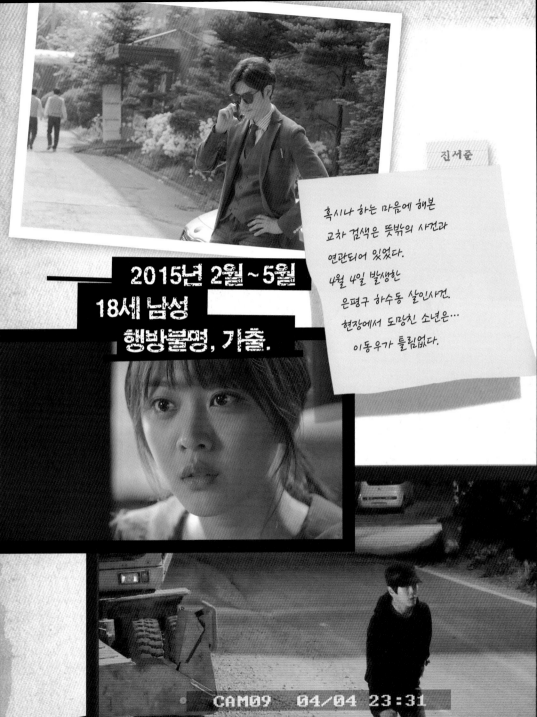

진서준

혹시나 하는 마음에 해본
교차 검색은 뜻밖의 사건과
연관되어 있었다.
4월 4일 발생한
은평구 하수동 살인사건.
현장에서 도망친 소년은…
이동우가 틀림없다.

**2015년 2월~5월
18세 남성
행방불명, 가출.**

CAM09 04/04 23:31

이동우는 전당포 주인 박지숙 살인사건의 유력한 용의자다.
또한 현장 인근 하수도에서 발견된 흉기로부터 얻은 부분 지문을 근거로,
석 달 전 발생한 살인사건의 용의자와도 일치한다는 사실을 밝혀낸다.

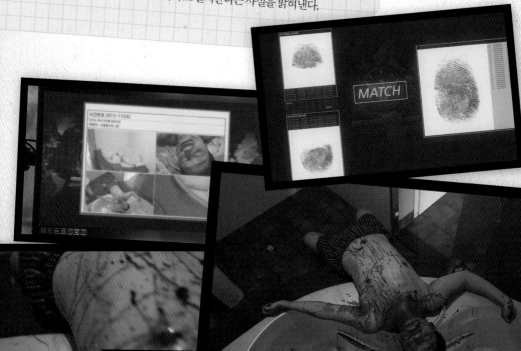

첫 번째 피해자. 서정범.
44세. 유흥업자.
1월 15일 16시~17시
파주 무인텔에서 칼에 찔려 살해됨.

180

길수현

현장에 흉기는 없었으나 침대 기둥에서
용의자의 것으로 추정되는 지문 발견.
일치하는 신원이 나오지 않아
미결로 처리되었다.
아마 동우가 미성년자였기 때문이겠지….

오태영

길수현의 자발적 수사.
내가 나서서 수사를 이어갈 수 있게 되었지만 국장님은
여전히 난처한 입장이다. 희생자들과 관련이 없고,
신원조회가 되지 않는 어린 살인자라…
청부살인의 냄새가 나. 그래. 느낌적인 느낌. 그거.

관할서에 실적 주는 일 따위엔 크게 연연하지 않는 건
길팀장도 나도 똑같지만 말이야…
길팀장, 우리 '팀'의 입장은 좀 명확히 했으면 하는데.
녀석이 두 건의 살인용의자인지, 아니면 실종자인지부터 말야.
지금 당신 모습 보고 있으면 나부터가 헷갈리거든.

오대영은 서정범의 죽음으로 인해 공동 명의였던 업소를 전부 손에 넣은 조원석을 주목한다. 서정범이 죽기 전 급히 마련한, 설명되지 않는 4천만 원의 자금 또한 의심스럽다. 박지숙의 경우도 마찬가지. 그녀의 삼촌이 박지숙이 죽기 전 대출을 받은 정황이 포착되지만, 자금의 용도는 기록되어 있지 않다. 피해자들의 죽음으로 인해 가장 큰 이익을 얻는 자들과 수상한 돈의 흐름… 청부 살인을 의심하는 지금, 충분히 파고들 가치가 있다.

한편, 길수현은 진서준과 함께 이동우의 행방을 추적한다. 피시방 서버기록을 분석한 결과 동우는 십대, 이십대가 모이는 친목카페 '15-20 FREEZONE' 의 회원이었다. 고민상담 게시판에 글을 자주 남기던 동우는 'mom94' 라는 아이디의 인물과 채팅한 후 행방이 묘연해졌다.

제목	작성자	조회
아빠가 계속 때린다. 집 나가고 싶다 ㅉㅠ	crboy28	5
└ 나도…. 난 그래서 집 나옴.	dongwoo18	2
└ 어디 갈 데는 있어?	mom94	11
당장 잘 데가 없어. 집에는 죽어도 들어가기 싫고…	dongwoo18	11
└ 어디 갈 데는 있어?	mom94	10
아무것도 못 먹은 지 이틀이나 됐어…	dongwoo18	4
└ 아르바이트 한다더니… 잘 안됐어?	mom94	10
편의점 알바 최저임금 안되는데 돈 급해서 했다?!	jane98	22
근데 돈 떼임….. 그거 찡남.. 가서 엎을까?		
└ 거기 어디냐, 형아가 도와줄까…	yangAchi4	10
└ 불매운동 해야겠어 거기		

mom94 : 진짜 갈 곳 없어? 부모라든가 친척이라든가

dongwoo18
mom94

dongwoo18 : ○○ 나 학교 짤렸어. 아빤 내가 집에 오는지
안 오는지도 관심 없음
어차피 얼굴보면 때리기만 해

mom94 : 그럼 우리한테 올래?

dongwoo18 : 진짜 나도 받아줄 수 있어?

mom94 : 그럼. 방값은 필요없고, 수도 전기세만 내면돼
대신 각자 역할에 맞춰서 할 일 잘하면 문제없어

dongwoo18 : 자기역할? 내가 할 수 있는 건 다 할게
집이 아니면 난 어디든 좋아

mom94 : 안심해. 여긴 누구나 가족이 되고 절대 아무도 버리지 않아

B *I* U 🗩

Script

길수현   아무래도 이동우는… 가족을 잘못 만난 거 같네요.
대학생을 꿈꾸던 아이가 mom94를 만나고 석 달 만에 살인자가 됐으니….

진서준   (뭔가 냉랭하게) 가출을 해서 거리로 나온 아이들은 석 달이 아니라
사흘 만에도 얼마든지 범죄자가 될 수 있어요.

길수현   (그런 진서준을 보는) …

진서준   (얼른 화제 돌려) 이 mom94이란
아이디, 신원조회를 해보니
죽은 사람 명의를 도용했는데…
이동우 말고도 접촉한 아이들이 많아요.
모두 14세에서 19세 사이의 미성년자들이에요.

길수현   십대들만 상대했다… 그렇다면
또 다른 이동우가 있을지도 모르겠군요.
mom94와 접촉한 모든 아이들의 행방과
신원을 알아봐야겠어요.

_가출팸 구해요...

_방세 나눌 룸메 구해요

_전과 있다고 알바 짤렸어

_팸 오빠가 맨날 때려. 도망치고 싶어

_어디에도 갈 데가 없어. 진짜 죽구 싶다

_찜질방 갈 돈도 없어. 오늘도 굶었는데...

_뭐든 다 가능. 잠만 재워 주삼

_세상에 한 명이라도 나한테 신경쓰는 사람 있었으면 좋겠어

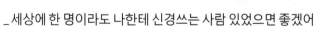

mom94와 인터넷 상에서 접촉한 아이들은 십수 명에 달하지만,
탐문 결과 전원 행방불명 상태.
그럼에도 아이들 중 단 한 명도 실종 신고가 되어 있지 않다.

아무도 찾지 않는 아이들…

mom94는 다른 아이들도 이동우와 마찬가지로
범죄에 이용하고 있을지도 모른다.
안타까움도 잠시. 길수현은 한 통의 전화를 받고 얼굴이 일그러진다.

전화를 받은 길수현과 오대영은 황급히 현장으로 향하고,
쓰레기더미에 버려진 이동우의 시신과 마주한다.

오대영

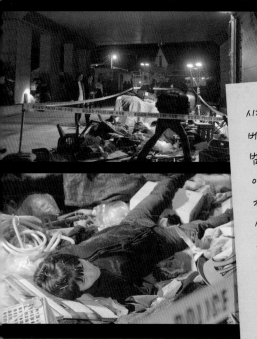

시체를 숨기려는 시도도 없이 쓰레기 더미 위에 아무렇게나
버려진 이동우의 시신. 발견되어도 자신과 연관 짓지 못할 거란
범인의 자신감이 엿보인다.
이동우가 죽기 전 mom94에게 보낸 문자에는
자수하겠다는 말이 적혀 있었다.
살인을 저질렀지만 아직 마음이 약한 동우에게는
견딜 수 없는 고통이었을 것이다.
길팀장과 관한한 대립구도를 세우고 있을 때가 아니다.
불쌍한 아이들을 이용하는 진범을 잡자.
그것만 생각하자.

시강과 시반으로 보아 사망시각은 3일 전으로 추정된다. 사인은 얇은 끈에 의한 교사. 시신의 상태
는 매우 깨끗했다. 단번에 제압당한 걸까… 이동우의 목덜미에는 특이한 문신이 있었다. 그것은…
진서준의 목에 있던 것과 같은 것. 길수현의 눈이 번뜩였다.

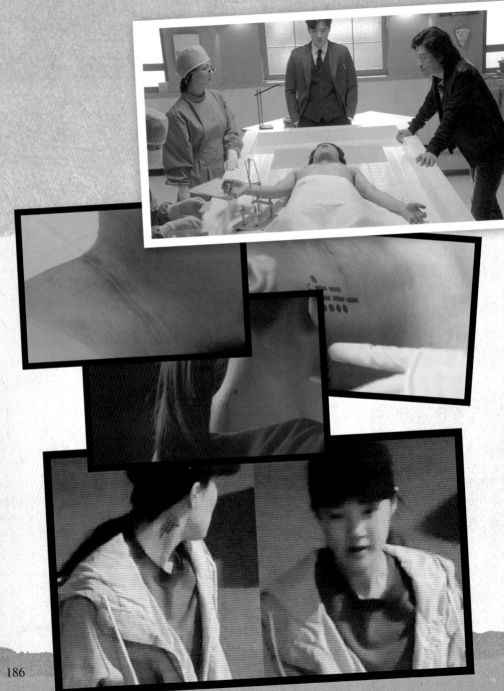

한편, 시체를 발견한 현장의 CCTV를 조사하던 진서준은
아는 얼굴을 발견하고 화들짝 놀란다. 목과 팔 곳곳에 문신
을 새긴 여자는 이동우의 시신이 발견되기 불과 20분 전 그
곳에 있었다. 팔목에 새겨진 MOM이라는 문신.
가장 유력한 용의자 mom94의 정체는
바로 한때 그녀의 친구였던 반효정.

"저 목의 문신… 이동우에게도 있었어요.
모르스 부호로, 왼쪽부터 H, O, M, E.
홈이란 뜻이죠. 왜 서준씨에게도
같은 문신이 있는 건지…
설명이 필요할 것 같은데요?"

방황했던 지난 날, 집을 나온 진서준은 갈 곳이 없었다. 그런 그녀에게 손을 내밀어준 친구는 이미 거리에서
패거리를 이루고 살고 있던 반효정. 진서준은 자신의 마음을 이해해주는 거리의 아이들에게 동질감을 느끼고
그들과 함께하기로 한다.

"거리는요… 하룻밤 먹고 잘 곳을 위해 아무렇지 않게
다른 사람 걸 뺏고, 누구나 이용하는 세계예요."

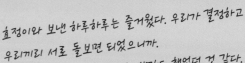

효정이와 보낸 하루하루는 즐거웠다. 우리가 결정하고
우리끼리 서로 돌보면 되었으니까.
어른들의 세상에 복수한다는 생각도 했었던 것 같다.
하지만 가벼운 장난 같은 일들이 점점 범죄와
분간되지 않아졌다.
우리의 팸이 커질수록, 더 큰 돈이 필요해졌다.
돈 없이는 꿈같은 생활 또한 존재하지 않는 거였다.
그리고 우리는 다 같이 더 깊이 추락하는 중이었다.
거리로 도망쳤던 나는 다시 거리로부터 도망쳤다.
추락하는 것이 너무나 겁나서,
효정이를 거기에 남겨두고 나 혼자서.

진서준의 이야기를 묵묵히 듣던 길수현은
그녀의 과거는 덮어두기로 한다.
지금 중요한 것은 mom94가 반효정이 확실한지, 그
리고 그녀가 거리에 나온 아이들을 살인에
이용해 돈을 벌어들이고 있느냐는 거였다.
이동우가 지난 살인사건을 저질렀다는 증거가
필요했고, 반효정이 가출 청소년들과 연관되었다는
증거 또한 시급했다. 하지만, 사건은 그렇게
쉽게 수사팀의 편이 되어주질 않았다.

"서로 원치 않는 건, 말하지 않기로 하죠. 우리."

Script

오대영	지문 불일치라니. 그게 무슨 소리예요?
분석관	저희도 두 번이나 검토했어요. 서정범, 박지숙 현장의 용의자 지문과 죽은 이동우의 지문은 일치하지 않습니다.
오대영	(이게 대체)!

이동우의 지문이 용의자의 것과 일치하지 않는다는 사실은 다른 공범의 존재를 의심케 한다. 그리고 신원조회가 불가능하다는 건 공범 또한 미성년자라는 뜻. 지금까지 실종된 아이들이 모두 HOME과 연관되어 있고, 이들 중 누가 그리고 몇 명이나 살인에 연관되어 있을지 알 길이 없다. 하나하나 쫓는다는 건 거의 불가능에 가까운 지금, HOME의 구성원들이 모여 살던 곳과 mom94의 위치를 한시라도 빨리 확보해야 한다.

아지트

Script

문을 박차고 들어오는 길수현, 그 뒤에 오대영과 진서준.
주변을 둘러보면 곳곳에 침상과 개인소지품들… 단체생활의 흔적이다.
길수현, 매캐한 냄새를 맡고 싱크대를 보면 뭔가를 잔뜩 태워 재가 수북이
쌓여 있다.

오대영   그새 눈치 까고 전부 튀었구만. 공범 신원부터 확인해야 하니까. 감식반 불러서 지문 채취해.

길수현   탄 냄새가 가시지 않은 걸 보면… 아지트를 비운 지 얼마 안 된 것 같습니다.

그 와중에도 추적이 될 만한 물건은 다 처리하고 갔네요.

HOME의 생활규칙

규칙1. 약속을 지킨다.

규칙2. 모두에게 역할이 있다.

규칙3. 본명을 쓰지 않는다.

규칙4. 서로를 배신하지 않는다.

재개발 지역으로 분류된 석촌동의 한 건물에
보금자리를 꾸민 거리의 아이들.
무단으로 들어온 그들을 불쌍히 여긴 건물주가 그냥
지낼 수 있게 도와주었다고 한다.
정작 내 눈으로 확인한 HOME의 모습은 범죄와
연관되었을 것 같지는 않았다.
그리고 내게 사건을 의뢰한 여자아이 또한…
진심으로 사라진 아이를 찾고 싶어했다.
세상이 보는 시선만으로 판단해서는 안 된다.

오대영

보청기 케이스에서 나온 지문.
용의자의 것과 일치한다.
귀가 안 들리는 아이가 쓰던 물건이겠군.
어디보자. 있다. 2년 전 가출,
오른쪽 귀 청각 장애.
양정호. 너였구나.

192

길수현은 자신에게 이동우를 찾아달라고 했던 소녀를 만나 반효정의 행방을 알려달라고 다그친다.
강하게 몰아붙이는 길수현을 거부하는 소녀. 생각보다 강한 아이들의 유대는 길수현을 놀라게 한다.

"하긴, 아저씨 같은 사람이 가족을
잃는다는 게 뭔지 알기나 하겠어?"
"당신들은 우리에 대해
아무것도 몰라…."

'시인' 양정호가 일했던 편의점을 찾은
오대영. 점장으로부터 한때 그곳에서
아르바이트했던 양정호에 대한 험담을
듣는다. 물건을 빼돌리고 돈에 손대기가
일쑤였으며, 점장에게 폭력까지 휘둘렀
다는 것. 점장의 증언만 듣자면, 양정호
는 애초에 질이 나쁜 아이였다.

오대영

길수현

불쌍하게 하소연하던 편의점 점장.
알고 보니 미성년자만 골라 아르바이트를 시키고 임금
마저 떼먹는 악덕 점주였다.
양정호 때도 마찬가지로 마음씨 좋게 합의해줬다는 말
과는 달리 한 대 맞은 걸로 꽤 큰돈을 요구한 모양이다.
그때 양정호의 보호자로 합의금을 물어준 것이
반효정…?
점장에게 애원하며 빌었다는데….
뭐지? 반효정, 얘 엄청 무섭고 살벌한 애 아니었어?

반효정이 팸의 유지를 위해 아이들과 함께
청부살인을 저질렀다….
우리는 너무 쉽게 그런 결론을 내렸던 것인지도 모른다.
최근까지의 반효정의 행적을 살펴보면
그녀는 가출한 아이들이 홀로 설 수 있게 사방으로
알아보고 다녔으며, 소년원에 갈 처지인 양정호를 위해
합의금을 마련했다.
마치… 진짜 엄마가 된 것처럼.

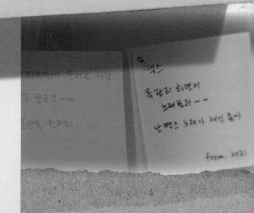

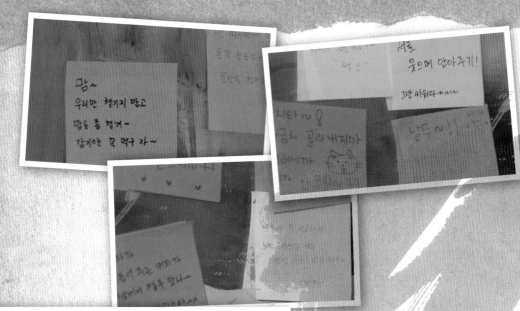

효정아… 나 알 것 같아.
네가 여기서 진짜 하고 싶었던 것들.
아니, 이미 너는 정말로 아이들을 위한 곳을
만든 거였어.
지금은 여기에 아무도 없지만,
 나는 알 수 있어.
  꿈꿀 수 있는 곳, 떠나지 않아도 되는 곳.
  여기가 우리가 만들고 싶었던
   진짜 HOME이었어.

진서준이 떠난 뒤에도 거리에 남아 방황한 반효정. 진서준이 당당히 경찰에 합격한 것을 보고 용기를 얻었던 걸까. 효정은 나름대로의 방법으로 자신의 꿈을 이루기 위해 노력했다. 자신과 같은 처지의 아이들에게 보금자리를 마련해주고 그들의 상처를 어루만져주었다. 그런 반효정을 잊고 싶은 실수 정도로 여기며 모른 척했던 지난날을 후회하는 진서준….
청부살인의 누명까지 뒤집어쓴 친구가 안타까워 눈물을 흘린다.

길수현의 집

각각 흩어져 앉아 있는 세 사람.

오대영   (칠판을 바라보며) 이제야 앞뒤가 맞추어지네. 양정호는 자기 때문에 홈이 빚에 허덕이게 되자
      죄책감에 시달렸을 거야. 그런 양정호의 사정을 아는 누군가가 때마침 청부살인을 제안한 거지.
      헌데 그걸로도 빚을 다 갚지 못하게 되자 두 번째 제안도 받아들이게 된 거고.
      그 과정에서 이동우도 끌어들이게 된 거지.

Script

길수현   자수하려던 이동우를 죽인 것도… 반효정이 아니라
      중개인일 겁니다.
      경찰이 단서를 잡고 조여 오자 꼬리를 자른 거죠.

오대영   (끄덕) 놈이 이동우를 죽였다면 양정호도 위험한데…
      그럼 지금 반효정은 뭘 하고 다니는 거야?

길수현   누구나 가족이 되고… 아무도 버리지 않는다.
      자식을 잃은 엄마라면…
      아마도 반효정은 양정호를 찾아다니고 있을 겁니다.

진서준   효정이는 모든 아이들의 위치추적 어플을 가지고 있습니다.
      경찰 추적을 피하려고 휴대전화를 껐다 켰다 반복했지만… 켜져 있을 땐 항상 그 어플을 사용했습니다.

길수현   이동우 살해 현장에 다녀간 것도 이동우를 찾기 위해서였겠네요.

197

반효정과 양정호의 위치를 체크하던 중, 길수현과 진서준은 익명의 여인이 경찰에 양정호의 시체가 있는 곳을 제보했다는 연락을 받고 급히 현장으로 출동한다. 수상한 돈 거래의 CCTV 영상을 확보한 오대영은 차량추적을 통해 중개인으로 의심되는 인물을 찾아낸다. 돌아갈 곳 없는 길거리의 아이들을 범죄에 이용하고 냉정하게 버린 악마. 그의 정체는….

"김…영근? 김영근은 HOME 아지트의 건물주예요."
"뭐? 양정호 합의금을 빌려준 놈도 이놈이던데,
도와주는 척 돈 빌려주고 그걸 빌미로 청부살인을 시킨 거야.
이런 쓰레기만도 못한 새끼!"

실인 중개인 : 김영근

길수현

중개인은 바로 김영근, 착한 건물주 행세를 하던 남자.
조폭 출신에 폭력, 갈취, 전과만큼 경범으로 현재는 사채업
자. 반효정과 아이들에게 호의를 보이는 척 접근하여
서서히 금전적으로 옭아맨 거겠지….
반효정은 아이들을 지키기 위해, 아이들은 엄마와 집을
지키기 위해 옳지 않은 선택을 강요받았다.
어른들로부터 벗어나려 했던 아이들은 이 거리에서조차
자유로울 수 없었다.
여전히 혼자 움직이는 반효정… 경찰 또한 자신들의
편이 아닌 어른이라는 건가.

200

"애초에 당신을 만난 게 실수였어. 당신만 만나지 않았더라도…"

Script

반효정	공짜는 아무것도 없었어… 안 그래? 네가 애들한테 사람 죽이게 시켰잖아!!
김영근	돈이 필요하다고 먼저 찾아온 건. 정호야. 난 그냥 소개시켜준 것뿐이라고…
반효정	그럼 애들은 왜 죽었는데…!
김영근	동우가… 자수를 하겠다잖니… 효정아… 너 다른 아이들 생각도 해야지.
	그럼 너희도 다 얽혀서 잡혀 들어가는 거야… 그럼 되겠어? 난 너희들 생각해서 그런 거야.
반효정	입 닥쳐! 동우랑 정호… 공부하고 시 쓰던 손으로 사람을 죽였어…
	바로 너 때문에! 너도 죽여버릴 거야! (김영근의 목에 칼을 겨누는)

반응정, 그 칼 내려놔!

김수현

다행히… 늦지 않았다.

이제는 우리가 그들을 지켜낼 차례다.

세상에 대한 믿음을 잃어버린 아이들에게.

우리만큼은 너희들의 편이라고,

우리에게 짐을 내려놓으라고

말할 수 있는 유일한 기회.

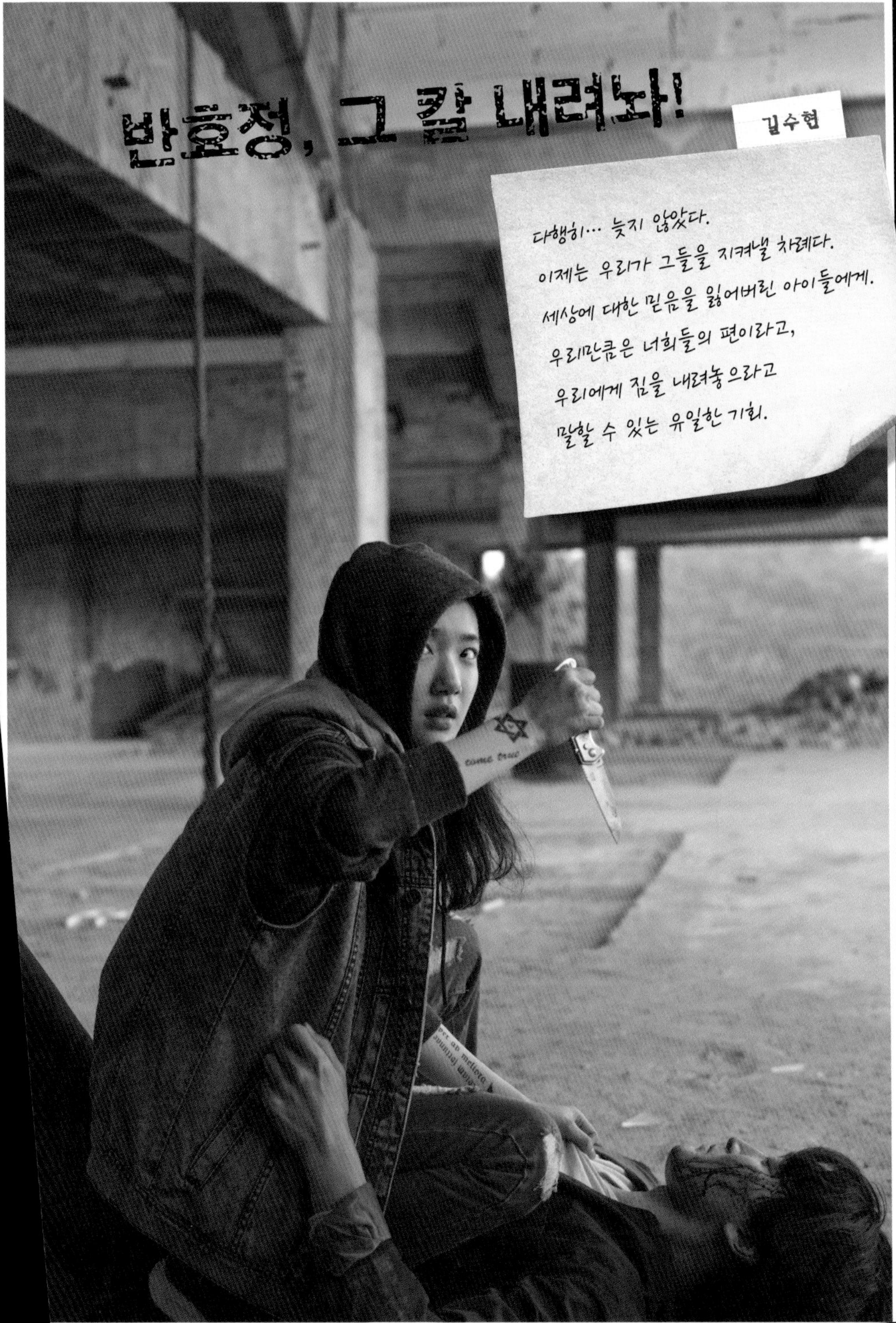

203

Script

반효정	서준아…
진서준	효정아… 그 칼 내려놓고 이리 와.
반효정	네가… 네가 여길 어떻게…
진서준	동우랑 정호, 저 사람이 죽인 거 다 알고 왔어.
반효정	(울컥) 이 새낀 내가 죽여버릴 거야, 죽여버릴 거야!
진서준	약속을 지킨다! 다시는 과거로 돌아가지 않는다! 네가 지금까지 힘들게 지켜온 것들… 이렇게 한순간에 무너뜨릴 거야…? 너만 기다리고 있는 홈 애들은!
반효정	(순간 울먹이는) 난 애들을 지킬 자격이 없어.
길수현	그렇지 않아 효정아. 그놈 우리에게 맡기고, 칼 버리고 어서 이리 와. 어서!
진서준	그래 효정아… 제발…

오태영

반효정은 흔들리고 있었다.
이제 칼을 내려놓게 하는 일만 남았다.
어쩌면 지금 이 자리에서 가장 위험한 사람은
총을 겨누고 있는 길수현일지도…
길팀장, 이제 총 좀 치우지그래.
더 자극하지 말란 말야.

길수현, 설마 너 지금
정말로 총을 쏘겠다는 거야?!

반효정이 흔들리는 틈을 타 김영근은 바닥에 떨어진
유리조각에 손을 뻗는다. 그자리에 있던 사람들 중
유일하게 김영근에게 집중하고 있던 길수현은 즉시
총을 겨눈다. 그리고 그 돌발행동은 오대영의 마음
깊숙한 곳에 숨겨져 있던, 길수현에 대한 의심과
불신에 불을 붙이고 말았다.

“대영아, 그래서 널 붙인 거야.
　길수현이 선 넘지 않게 잘 지켜보라고.”

"효정아 죽으면 안 돼!
나 너한테 아직 미안하단
말도 못했단 말야…"

"너 때문이야.
너 때문이었어.
너 때문에 변하고
싶다고 생각했어…"

"형사님, 이거 정당방위예요.
저 미친년이 절 죽이려고 했잖아요. 네?"

어떻게 손써볼 수 없을 정도로 출혈은 심했다. 오대영이 길수현을 막는 바람에 벌어진 참사. 온몸이 찢어질 것만 같은 아픔에 고통스러워하는 오대영에게 김영근은 자신은 정당방위였을 뿐이라고 변명한다. 총을 쥔 손에 힘이 빠진다. 지금의 오대영은 텅 비어버린 껍데기에 불과했다.

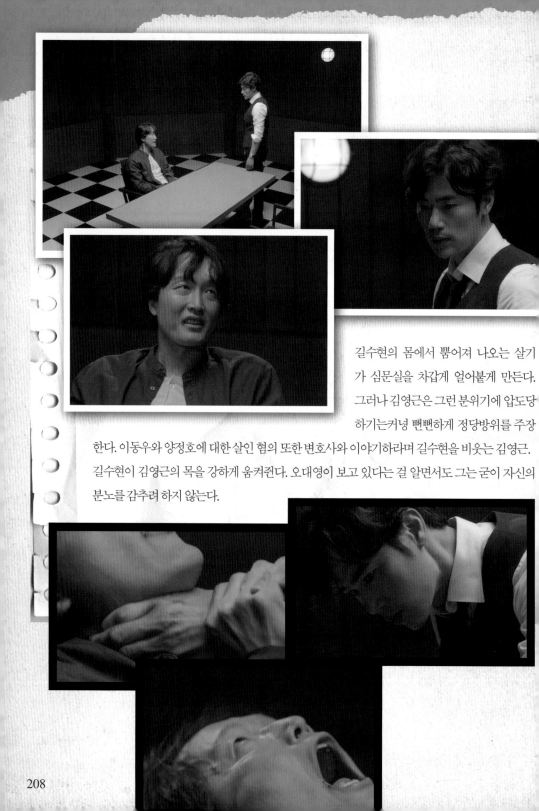

길수현의 몸에서 뿜어져 나오는 살기
가 심문실을 차갑게 얼어붙게 만든다.
그러나 김영근은 그런 분위기에 압도당
하기는커녕 뻔뻔하게 정당방위를 주장
한다. 이동우와 양정호에 대한 살인 혐의 또한 변호사와 이야기하라며 길수현을 비웃는 김영근.
길수현이 김영근의 목을 강하게 움켜쥔다. 오대영이 보고 있다는 걸 알면서도 그는 굳이 자신의
분노를 감추려 하지 않는다.

"가족이 있나?
넌 깨버리면 안될 가족을 깨버린 거야.
다음엔… 오늘처럼 운이 좋을 수는 없을 거다.
잊지 마."

Script

오대영	…다 내 잘못이야.
길수현	뭐가요?
오대영	그 유리… 보지 못했어.
길수현	(냉소적으로) 왜 절 믿지 못하신 거죠? 제가 옳지 않은 곳에 총을 겨눌 거라 생각하셨나요?
오대영	…
길수현	결국 살아야 할 아이는 죽고, 그럴 자격이 없는 놈이 살아남았다는 사실…
	저도 오형사님도 다신 잊지 않았으면 좋겠네요.

제작노트

팀의 한 사람이 아닌 진서준이 주인공으로 등장한 회여서 기대와 긴장을 동시에 갖고 임했다. 과거 10대 시절은 엄마에 대한 배신감과 반항심으로 일탈하는 진서준의 심리에 초점을 맞추었고, 옛 친구의 마음을 뒤늦게 알았지만 결국 친구를 잃고 감정을 쏟아내는 장면에서는 소중한 친구 반효정에 대한 마음을 아낌없이 드러내려 노력했다.

_배우 조보아

〈실종느와르 M〉에 대해, 그중에서도 특히 'HOME'과 '예고된 살인' 에피소드에 대해 '새롭다'는 이야기를 여러 번 들었다. 하지만 생각해보면 이 소재들은 지금껏 다루지 않은 새로운 것이라고는 할 수 없다. 단지, 관점이 달라졌을 뿐. 이 부분에 초점을 맞추고 봐주셔도 좋겠다. 'HOME'은 수사팀의 일원으로만 등장했던 진서준의 역할이 돋보이는 에피소드였다. 촬영을 하면서 배우 손수현과 조보아의 우정도 남달랐다는데, 만나자마자 바로 친구가 되었고 촬영을 마친 후에도 무척 친하게 지낸다고 들었다. 마지막에 진서준이 감정을 폭발시키는 장면에서 뛰어난 몰입도를 선사할 수 있었던 것도 조금은 그 우정에서 힘입은 것이 아닐까 싶다.

극중 진서준의 모델이 되는 사이버안전국의 형사를 만난 것

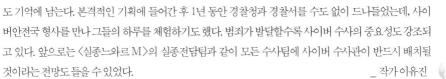

도 기억에 남는다. 본격적인 기획에 들어간 후 1년 동안 경찰청과 경찰서를 수도 없이 드나들었는데, 사이버안전국 형사를 만나 그들의 하루를 체험하기도 했다. 범죄가 발달할수록 사이버 수사의 중요성도 강조되고 있다. 앞으로는 〈실종느와르 M〉의 실종전담팀과 같이 모든 수사팀에 사이버 수사관이 반드시 배치될 것이라는 전망도 들을 수 있었다. _ 작가 이유진

청순한 마음

새벽 세 시의 어두운 방 안, 길수현은 정규방송마저 끝난 텔레비전 화면을 텅 빈 눈으로 바라본다.

다시 돌아갈 수 있다면,
난 과연 다른 선택을 할 수 있을까…

한계에 이른 상황, 희생자들이 늘어날수록 길수현의 마음도 점점 부서진다.
그리고 이번 일 역시.
시간은 지금으로부터 15일 전으로 거슬러 올라간다.

15일 전

얼굴에 피멍이 든 채 맨발로 도망치는 여자. 그 뒤를 쫓는 거구의 남자들.
간신히 달아난 여자는 집으로 돌아오지만 불안을 떨칠 수 없다.
'하루하루가 절망적이야, 이런 생활에서 벗어나고 싶어…'
모든 것을 포기하려던 순간, 그녀에게 기회가 찾아온다.

청순한 마음 Part. 1

실종된 선미를 찾아주세요

이름 : 정 선 미
나이 : 실종당시 6세 (현재 36세, 1980년생)
실종상황 : 1985년 5월 20일 영등포구 문래동
인상착의 : 아이보리색 꽃무늬 원피스에
리본이 달린 파란색 에나멜 구두 착
신체사항 : 귀 뒤에 점

이름 : 정선미
나이 : 실종당시
실종상황 : 1985년
인상착의 : 아이노
리본이
신체사항 : 귀 뒤

실종된 선
혹시 위 아
아래 연락

전 국민의 관심을 한 몸에 받은 모녀가 있었다. 30년 전 잃어버린 딸을 찾은 국밥집 할머니의 사연은 대한민국을 따뜻하게 만들었다. 방송사의 면밀한 검토과정도 인상적이었는데, 오래전 헤어진 모녀 였기에 친자확인 결과까지 공개해 더욱 화제가 되었었다.

그리고 바로 어제, 감동 스토리의 주인공인 딸 정선미가 실종되는 사건이 발생한다. 사라진 지 하루 만에 실종 사건이라니… 길수현은 가출 가능성을 지적하지만, 박국장은 정선미가 사라진 후 걸려온 수상한 전화 등을 이유로 조금이라도 빨리 그녀의 소재를 파악하라고 채근한다.

평소 오정임 할머니가 다니던 절
성불사에서 걸려온 남자의 전화.
욕설을 뱉는 걸로 보아 스님은 아닌 것 같다.
확실히 수상하긴 수상한데….
서두르는 국장님과 상황을 확실히 짚기를
원하는 길수현 팀장님….
이럴 때 오형사 님이 계셔야
느낌적인 느낌으로 일이 진행될 텐데.
정말, 안 오실까?

219

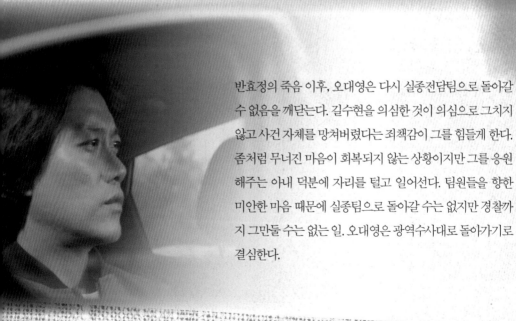

반효정의 죽음 이후, 오대영은 다시 실종전담팀으로 돌아갈
수 없음을 깨닫는다. 길수현을 의심한 것이 의심으로 그치지
않고 사건 자체를 망쳐버렸다는 죄책감이 그를 힘들게 한다.
좀처럼 무너진 마음이 회복되지 않는 상황이지만 그를 응원
해주는 아내 덕분에 자리를 털고 일어선다. 팀원들을 향한
미안한 마음 때문에 실종팀으로 돌아갈 수는 없지만 경찰까
지 그만둘 수는 없는 일. 오대영은 광역수사대로 돌아가기로
결심한다.

길수현

성불사, 깊은 산세 때문인지 휴대전화는
쓸 수가 없다.
그래서 내부 유선 전화를 쓸 수밖에 없었던 것.
불과 하루 전 일이고, 전화기에 대고
욕설을 내뱉는 남자가 거슬렸던지 스님의 기억에
뚜렷이 남았다고 한다.
　　몽타주 작성에 도움이 되겠어.

길수현은 스님의 도움을 받아 작성한 남자의 몽타주를 들고 국밥집 선미옥을 찾는다. 하지만 남자의 몽타주를 본 오정임에게서는 처음 보는 얼굴이라는 대답뿐. 여느 때처럼 절에 가려는 엄마를 한사코 말려 못 가게 만들고 사라져버린 딸… 가출이 아닌 실종을 의심하는 이유에 대해 묻는 길수현은 최근 정선미의 주변을 맴돌던 수상한 남자들에 대해 듣게 된다.

"형사님은 몰라요. 눈앞에서 자식을 놓쳐버린
  엄마의 심정이 어떤 건지…
  그 긴 세월 저 혼자 견디다가 다시 내 앞에 와준 것만으로도
  얼마나 벅차고 감사한 일인데…"

선미옥에서 나오자마자 바로 눈에 띄는 골목…
그런데 CCTV 하나가 없다니.
오정임은 딸 대신 갚아준 빚이 늘어만 갔다고 했다.
처음엔 칠백, 그다음은 오백, 팔백.
식당으로 성공한 오정임 씨에게 큰 부담은
아닐지도 모르지만,
딸의 빚이 정확히 얼마인지 아는 것 같지는 않은데…
일단은 모녀가 재회하기 전, 정선미의 삶부터
알 필요가 있다.

223

사건 13. 토막난 손

오대영

나도 알아. 이 사람들아.
나 없으면 불편한 거 나도 안다고.
그러니까 지금 신문 뒤집어쓰고 있는 거잖아.
쪽팔린 거 아니까.
그나저나 방금 걸려온 전화, 토막살인?
안 그래도 집에 돌아온 것 같은 포근함이 없어
서운하던 참인데,
그 현장. 제가 나갈게요.

토막살인을 하는 이유

1. 시신을 옮기기 용이하게 만들기 위해

2. 시신의 신원을 숨기기 위해

그런데 여기, 발견되기 쉬운 곳에 버려진, 지문마저 뚜렷한 '손'이 있다.
악의로 가득한 초대장처럼.

피해자의 이름은 강우석, 나이 60세로 사기전과 7범이다. 강우석의 집을 샅샅이 조사한 경찰은 화
장실에서 다량의 혈액 흔적을 발견한다. 혼자 살았다는 정보와는 달리 집에는 최소 두 명의 머리카
락이 발견되고, 옷장엔 원피스, 블라우스 등 여성 의류가 걸려 있다. 독거노인인 줄 알았던 강우석
에게 동거녀가 있었던 걸까. 옷장 위 박스에서 발견된 중국 여권. 사진 속 여인과 동일인이다. 오대
영은 주변을 대상으로 탐문 수사에 착수한다.

오대영

장리영, 1980년생. 조선족 출신으로 H2 비자로 입국해
2014년 6월 만료이니 지금은 불법 체류자 신세일 것.
딸과 아버지 사이 정도로 알려져 있지만…
말하는 사람들 뉘앙스가 좀 그렇네. 폭력도 있었던 것 같고,
좋은 관계는 아니었던 모양이야.
강우석을 죽였다고 단정할 순 없지만,
가장 유력한 용의자는 현재로서는 그 여자밖엔 없겠는걸.
죽은 사람이라도, 시체를 토막낼 정도라면 상대에게
꽤 큰 원한을 가졌을 가능성이 크니까.

227

진서준

정선미가 살았던 반지하 원룸… 정말이지 엉망이다.
내가 거리에서 살았을 때도 이것보단 깨끗했던 것
같은데. 쓰다만 콘돔 박스에 담뱃갑, 컵라면 용기….
후줄근한 옷들 사이에는 노출이 심한 옷가지들이
보인다. 집주인 말에 따르면 유흥업소에 나가면서
사채 빚을 갚아나갔던 것 같은데….

왜… 인생이 송두리째 바뀐 후에도
이 지저분한 집을 정리하지 않았을까?

엉망진창으로 살던
김정희가 정선미라는
이름을 갖게 되었다.
그리고 그녀가
되찾은 '엄마'는
100억 원대 자산가 오정임 할머니.

길수현

100억이라…
이 실종사건에 큰 변수가 될 수 있다.
100억대 자산가의 유일한 상속녀의
실종이라니.

228

거액의 재산이 얽힌 문제라면 사건의 그림이 달라질 것이다. 애초에 오정임의 재산을 노린 범죄이고 정선미도 한패가 아닐지 의심하는 길수현이지만, 정선미가 자신의 딸이 확실하다는 오정임의 태도에 더 이상의 질문은 하지 않기로 한다. 하지만 조사 결과 정선미가 30년 넘게 간직했다던 아동용 원피스는 생긴 지 5년밖에 되지 않은 브랜드의 것. 1월 13일, 방송국 의뢰로 만들어진 가짜였다. 길수현의 나쁜 예감은 이번에도 들어맞았다.

Script

베드에 올려진 토막 손을 바라보고 있는 오대영과 강주영.

오대영	부패가 전혀 안 됐네… 자른 지 얼마 안 됐다는 건가?
강주영	냉동 보관했기 때문이에요.
오대영	냉동 보관?
강주영	피부조직을 자세히 보면 심한 탈수가 일어나 쭈글쭈글해진 걸 볼 수 있어요. 피부가 얼었다 녹았을 때 일어나는 현상이죠.
오대영	사체를 토막 낸 후에 냉동 보관을 했다?(불길한 예감)
강주영	피가 말라있고, 혈관수축 정도로 봐서 냉동한 지 두세 달 이상 된 걸로 보여요. 냉동된 터라 사망 시점은 정확히 알 수 없고요. 다만 피부 해동 상태를 보면 유기한 지는 24시간도 채 안 됐어요.
오대영	피해자 집엔 사체를 보관한 흔적이 없었는데…? 그럼, 딴 데서 몇 달이나 냉동 보관했다가 어제 달랑 손만 갖다 버렸다? 거 참, 희한한 놈일세….
강주영	(토막 손의 절단면을 보이며) 절단면을 보면 전기톱을 사용한 것 같아요. 잘린 면이 깔끔하고 톱 지문이 남았네요.
오대영	톱 지문?
강주영	(절단면 무늬를 가리키며) 톱날에도 사람처럼 지문이 있어요.
오대영	!

230

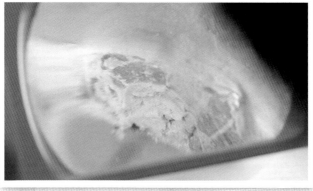

톱 지문. 톱의 절단면은 제조사와 모델에 따라
조금씩 다르다.
강우석의 시체를
자른 도구는
정우산업에서 나온
충전식 절단기.

모델도 밝혀졌고 여느 때처럼 리스트 뽑아서
확인 좀 해보고 싶은데… 막막하다.
진서준이었으면 30분이면 끝났을 일인데 말이지.
고생 좀 해야지 뭐.
그나저나 장리영에 대한 정보가 들어왔다.
노인들을 상대로 사기를 치는 꽃뱀이라….
그런데, 사기 신고는 세 건인데 실종 신고가 여덟 건이라나
잡아달라는 게 아니라 찾아달라는 뜻인가?
이건 또 무슨 경우야?

김수현

확실해졌다.
오정임 여사의 100억 원대 재산을 노린
조직적인 사기극.
30년 만에 찾은 딸 정선미 또한 한패였다.
각 분야의 최고의 선수들이 모였겠지,
오랜 시간 공들여 준비했을 테고.
하지만 풀리지 않는 의문이 있다.
이대로 이미 성공한 완벽한 프로젝트인데…
어째서 정선미는 사라져버린 걸까.

모녀의 추억에 대해 아는 사람은 없을 거라던 오정임의 말은 사실이 아니었다. 그녀가 의식하지 않아 떠올리지 못했겠지만, 카메라 앞에서 했던 인터뷰에는 과거 아이를 잃어버릴 때의 정황과 물건에 대한 이야기가 실려 있었다고 한다. 테이프를 도난당해 재촬영을 했다는 소릴 듣는 길수현의 눈이 순간 반짝 빛났다.

오정임 여사 100억 사기단

의문의 사찰남

?

010-6217-2034

리더 ?

자료담당	배우	행동책

· 실종된 정선미
  자료확보
· 실종 당시
  물건 제작

정선미?
김정희?
실종?

· 사채업자인 척 위협
· 지속적인 협박
  금품갈취

233

김수현

정선미의 실종되기 전 행적에 특이사항은 없다.

아니, 오히려 매일 너무나 규칙적인 점이 특이사항이라고 나 할까.

매일 오후 네 시면 공원으로 산책하는 일이 전부.

선미옥에서 공원까지는 도보로 15분 거리다.

동선을 체크한 결과 CCTV 사각지대의 공중전화에서 어디론가 전화.

조직 사기단에서 가장 중요한 역할을 하고 있던 정선미다.

조직의 보스에게 날마다 보고를 하고 있었던 것은 아닐까?

2015/04/05 16:06

CH29

2015/04/11 16:13

234

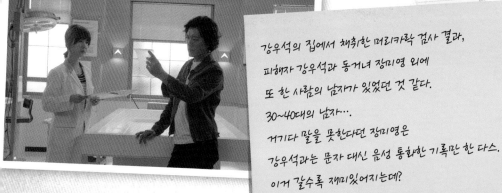

강우석의 집에서 채취한 머리카락 검사 결과,
피해자 강우석과 동거녀 장미영 외에
또 한 사람의 남자가 있었던 것 같다.
30~40대의 남자…
거기다 말을 못한다던 장미영은
강우석과는 문자 대신 음성 통화한 기록만 한 다스.
이거 갈수록 재미있어지는데?

235

"누가 사기라고 해요? 갸는 절대 그런 짓 할 애가 못 되오.
미영이 갸가 돈 달라고 한 거 아니오. 내가 먼저 통장 준 거지.
미영이 갸, 꼭 좀 찾아주소"

"미영이는 다른 간병인들과는 달랐소. 망할 애비한테 맞아서
눈가가 시퍼렇게 멍이 들고 와서도 늘 웃는 얼굴이었어. 나도 사람 볼 줄 안다우.
제발… 그 여자 좀 찾아주게. 응?"

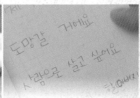

"애비란 작자가 딸내미 등골이나 휘게 하는 것 같더라고.
도망간다고 했었어. 그래서 내, 가게 하나 정리한 돈 미영이한테 줬지.
사기죄로 고소한 건 우리 큰아들놈이야. 내가 아무리 말려도 말을 안 들어!"

장미영의 피해자들은 하나같이 다들 장미영을 두둔하고 나선다. 모두 자발적으로 돕고자 했으며, 사라진 그녀가 걱정된다며 오대영에게 수사해줄 것을 부탁하는데…. 말을 못하던 그녀는 진심어린 행동으로 사람들의 마음을 열게 만들었다. 모두에게 사랑받은 그녀이지만 강우석에게 묶여 폭력과 성적인 착취를 당했다는 장미영. 그녀는 정말 강우석을 죽이고 잠적한 걸까?

전기톱 구매자 명단에 장미영이 있다는 점이 밝혀지면서 그녀는 토막손 사건의 주요 용의자가 된다.

오대영

하지만 이상하다.
신참의 말마따나 동기, 정황, 증거 모두 장미영을
가리키고 있어.
하지만 토막 사체를 냉동 보관까지 해면서
숨겼던 그녀가 이제 와서 보란 듯이 손만 갖다버렸다?
의심받을 것이 뻔한데?
최소한 토막 사체가 어디 보관되어 있는지 아는 사람이
장미영 말고도 있다는 거야.
분명해. 내 경험상 지금, 나올 이야기 아직 많다.

강우석은 꽃뱀들을 이용해 사기를 치는 이른바 '땅꾼'. 그의 전화기에는 다른 조선족 출신 꽃뱀의 연락처가 있었다. 강우석과의 관계를 물어보려 찾아간 오대영은 생각지도 못한 정보를 얻게 되는데….

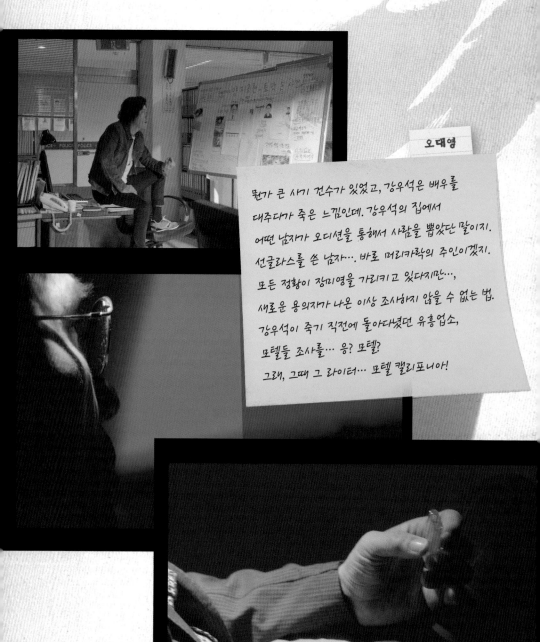

오대영

뭔가 큰 사기 건수가 있었고, 강우석은 배우를
대주다가 죽은 느낌인데. 강우석의 집에서
어떤 남자가 오디션을 통해서 사람을 뽑았단 말이지.
선글라스를 쓴 남자…. 바로 머리카락의 주인이겠지.
모든 정황이 장미영을 가리키고 있다지만…,
새로운 용의자가 나온 이상 조사하지 않을 수 없는 법.
강우석이 죽기 직전에 돌아다녔던 유흥업소,
모텔들 조사를… 응? 모텔?
그래, 그때 그 라이터… 모텔 캘리포니아!

238

정선미가 매일 4시 15분 전화한 장진동의 화양다방.
그곳에는 매일 전화를 기다리던 선글라스를 쓴 남자가 있었다.

길수현

정해진 시간에 정선미의 보고를
받은 남자가 아마도 사기조직의 우두머리이겠지.
매일 다방을 들렀다면 아지트는
아마도 이 근방일 터.
공중전화와 다방을 이용해 전화를
주고받을 정도라면 아마 여기까지 오는 길의
CCTV 또한 피했겠지.
어디일까... 놈들의 아지트.

모텔 캘리포니아 앞에서 마주친 길수현과
오대영은 예기치 못한 만남에 당황한다.
100억 원대의 재산을 노린 사기조직을 쫓아
이곳에 온 길수현과 강우석 살인사건의
유력 용의자를 확인하려는 오대영. 서로
다른 사건에서 출발한 두 사람이 한곳에서
만난 것은 과연 우연일까? 서로의 사건에
대해 자세한 사항을 듣기도 전에 둘은 직감
적으로 깨달았다. 그들이 쫓는 자는 분명
동일인일 거라고.

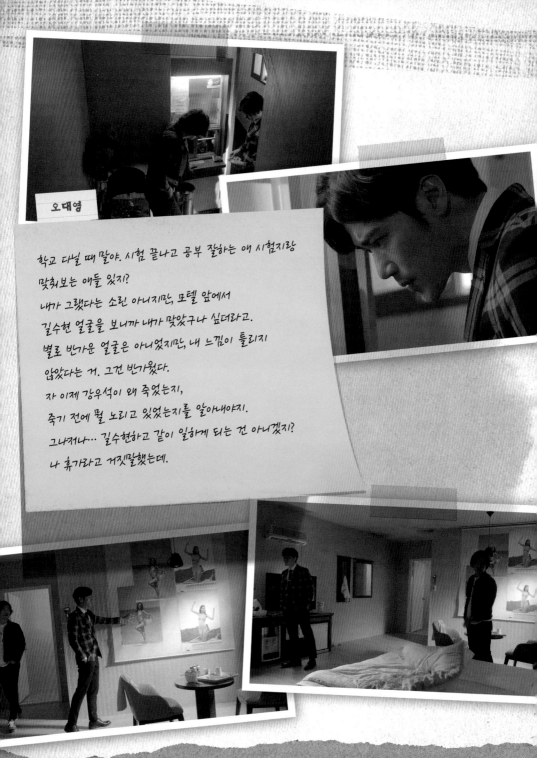

오대영

학교 다닐 때 말야. 시험 끝나고 공부 잘하는 애 시험지랑
맞춰보는 애들 있지?
내가 그랬다는 소린 아니지만, 모텔 앞에서
길수현 얼굴을 보니까 내가 맞았구나 싶더라고.
별로 반가운 얼굴은 아니었지만, 내 느낌이 틀리지
않았다는 거. 그건 반가웠다.
자 이제 강우석이 왜 죽었는지,
죽기 전에 뭘 노리고 있었는지를 알아내야지.
그나저나… 길수현하고 같이 일하게 되는 건 아니겠지?
나 휴가라고 거짓말했는데.

240

김수현

여기가 100억 원대 사기 프로젝트의 시작이자 토막 손 사건의 시작점.

치밀하게 짜인 각본과 준비된 배우들, 일정과 준비물 등이 빼곡하게 적힌

커다란 표··· 결국 이 시나리오대로 모든 것이 진행되었고 가짜 정선미는

오정임의 딸이 되어 선미옥에 들어갈 수 있었다.

딱 거기까지의 성공. 이 계획의 결말은 기획자의 뜻대로 되지 않았다.

4월 13일 D-DAY.

놈들이 오정임 씨를 낙사로 꾸며 죽이려던 날.

오정임 씨는 절에 가지 않았고, 정선미는 사라졌다.

예정에 없던 실패에 분노한 놈들은 정선미를 찾기 위해

혈안이 되어 있을 것이니 지금부터 우리는 우두머리를 쫓는다.

그리고 막아내겠어.

오형사님과 함께.

오정임 여사 100억 사기단
: 프로젝트 정선미

. 100원 짜리 열개, 크래파스
소플제작 1월 13일
신체적특징
이마위 흉터, 키 밑절, 보조개
수술날짜 1월 18일

프로젝트 개요

1. 기획 :
2015년 1월 3일, 〈만남의 광장〉에 출연한
오정임 할머니를 본 기획자가 아이디어 착안.

전, 잃어버린 딸을 찾는 선미옥 〈오킹임 할머니〉 • 꼭 한 번 만나고 싶은 딸, 정〇

2. 섭외 :
이 바닥 인재들에 대해 잘 아는 강우석을 포섭,
할머니의 딸 역할을 맡을 배우를 섭외.

3 . 디자인 :
방송국에 사람을 잠입시켜 테이프를 훔치고,
사연에 맞는 소품을 제작하는 등 치밀하게
레이아웃 디자인.

4. 재현 및 교육 :
　　캐스팅 완료 후 성형 수술을 통해
　　오정임이 기억하는 딸의 특징을 재현하고
　　사연을 토대로 교육.

5. 보정 :
　　딸을 향한 연민과 죄책감을 품도록
　　정선미의 삶을 암울하고 처절하게 포장.
　　사채업자 역할을 맡을 배우 등 섭외.

6. 조작 :
　　유전자 감식 결과 또한 방송 당일 원본과
　　바꿔치기한 조작물.

이로서 시나리오는 완성되었고 드디어 D-DAY,
정선미의 친자 입적이 확인된 후 오정임 할머니를 죽일 계획이었겠죠.
그래야 정선미 앞으로 거액의 유산이 고스란히 떨어질 테니까.

사건의 심각성을 깨달은 박국장은 길수현과 오태영에게 다시 뭉쳐 수사할 것을 지시한다. 겉으로는 못마땅한 오태영이지만, 이미 머릿속은 사건에 대한 생각으로 가득하다. 사기극의 전모는 밝혀졌지만 그렇기에 더더욱 풀리지 않는 미스터리.

성공을 눈앞에 두고 사라진 정선미와
사망한 것으로 추정되는 강우석.
이들에게 대체 무슨 일이 벌어진 것일까?

Script

강주영	강우석 화장실에서 발견된 머리카락과 모텔에서 발견된 남자의 머리카락 DNA가 일치한다는 결과가 나와서요.
오태영	그럼 강우석을 죽이고 토막 낸 놈이 (몽타주 남을 가리키며) 이놈일 가능성이 크다는 건데…
강주영	모텔에서 발견된 머리카락은 모근이 있어서 신원을 조회할 수 있었습니다. (파일을 건네며) 47세. 박광철. 살인미수 2건에 사기 전과 14범이더라고요.
오태영	(파일을 보며) 경력 화려하구먼. 근데 이거야 그냥 메일로 보내면 되지, 왜 여기까지 부른 거야?
강주영	더 놀라운 사실이 있거든요.

진서준

지문 대조 결과 정선미의 진짜 이름은
이수진이었다.
원래 쓰던 김정희라는 이름도 가짜.
그런데… 왜 얼굴이 다르지?
지문은 분명 같은데…
각종 사기로 신고가 되어 있는 상태에서
3년 전부터 행불…?

정선미, 장미영, 그리고 이수진

정선미를 연기한 조선족 농아 장미영, 그리고 장미영을 연기한 이수진.

이수진은 여러 건의 사기 신고를 당하자 성형을 하고 말못하는 연기를 하며 조선족 장미영으로 신분을 바꾸었다. 그러던 중 박광철의 눈에 띄어 프로젝트에 참여하게 되고, 다시 한 번 정선미가 되는 성형수술을 받았다. 박광철을 이용해 자신을 괴롭히던 강우석을 제거한 장미영 아니 이수진은 그동안 숨겨온 욕망을 드러내며 오히려 계획을 주도하기 시작한다.

"저 늙은이가 날 안 놔줄 텐데?"
"갖고 싶으면 그만 한 대가를 치러야지."

247

길수현

이수진에서 정미영으로, 주민등록이
말소되던 김정희로 신분 세탁 후 다시 정선미로…
보통이 아닌 여자다. 박광철 또한 결국 그녀를
완전하게 컨트롤하는 데에 실패했던 거겠지.
마지막 날 박광철이 선미옥까지 전화한 걸 보면
크게 당황한 것이 틀림없다.
정선미와 박광철이 틀어진 계기는 무엇일까?

박광철의 휴대폰 위치 추적을 통해 찾아낸 냉동창고
에서, 오대영은 강우석의 나머지 시체 토막을 찾아
낸다. 한편 길수현은 오정임과 정선미 모녀 사이에
뭔가가 더 있을 거란 예감에 진서준에게 상세한 조
사를 의뢰한다.

길수현	할머니… 저한테 말씀 안 하신 거 있죠?
오정임	네? 무… 무슨…
길수현	알고 계셨잖아요. 정선미 씨, 할머니가 찾던 딸이 아니라는 거…
오정임	아니… 그, 그게 무슨 말씀이신지…
길수현	할머니는 아주 오래전 불임 판정을 받으셨습니다. 그렇죠?
오정임	(당황하는)
길수현	**할머니와 DNA가 99.99퍼센트 일치하는 딸은 세상에 존재할 수 없다는 거죠.**

길수현의 추리가 맞았다. 오정임 할머니가 잃어버린 선미는 친딸이 아닌, 35년 전 선미옥 앞에 버려진 업둥이. 낳은 아이는 아니지만 가슴으로 키운 모정이 길수현을 당황시킨다. 친자 확인 결과로 자신이 찾던 정선미가 아니란 걸 알았으면서도 오히려 선물처럼 생각하고 딸로 받아들이려던 어머니의 마음에 정선미의 마음 또한 움직였던 것일까? 사라지기 직전, 정선미는 오정임에게 동영상 메시지를 통해 모든 것을 고백했다고 한다.

엄마, 나야 선미…. 잠깐 동안이지만 엄마 딸로 살았던 가짜 정선미.
태어나 엄마 얼굴도 모른 채 고아원에 버려진 후,
단 한 번도 사람을 믿어본 적이 없어요. 맞아… 그래서 언제나 다른 사람
마음 속여가면서 내 마음만 챙겨왔어…. 그래야 살 수 있었으니까.
살면서 나한테 엄마란 단어는 최고의 사치였는데, 지난 한 달 동안 엄마
란 단어를 정말 원없이 불러본 것 같아. 고마워요… 잠시지만 내 엄마가
되어줘서. 그런 엄마한테, 미안해 엄마. 내가… 정말 미안해.
이제 이 못난 딸은 잊고 잘 살아요, 엄마. 아프지 말고….

251

자신이 가짜인 걸 알면서도 감싸준 오정임 할머니를
보며 정선미는 죄책감을 느꼈던 것일까.
절에 가지 못하도록 매달린 딸 덕분에 오정임 씨는
목숨을 건질 수 있었다. 하지만 믿었던 정선미의
배신으로 손 안에 들어온 100억을 고스란히 날린
박광철의 마음은 어땠을까?
그 모든 분노가 고스란히 정선미에게 향하고
있을지 모를 일이다.

오대영

원래 사기 치는 놈들이 최고로 수치스럽게
생각하는 게 자기가 사기당하는 거라지.
지금 박광철은 독이 오를 대로 오른 상태일
것이다. 강우석의 손목을 공개한 것도 정선미에게
보내는 협박이었겠지. 혹은 자신을 끝까지
몰아넣으려는 각오일지도.
또 다른 살인이 일어나는 건 막아야 한다.
이번에야말로. 반드시.

정선미가 남긴 동영상을 몇 번이고 돌려보던 오대영은 화면 속 플래카드에서 단서를 찾는다. 박광철보다 먼저 정선미를 찾아 보호해야 한다. 경기도 이천의 펜션으로 급하게 출발하는 길수현과 오대영.

그리고 그 시각, 선미옥에
심어둔 첩자를 통해 동영상을
건네받은 박광철 또한 정선미의
위치를 알게 되는데…

악연으로 만난 두 사람, 하지만 서로에 대한 애틋한 마음은 이미 진짜 모녀와도 같다. 자신을 걱정하는 오정임의 문자를 보고 전화를 걸기로 결심하는 정선미. 켜진 휴대전화를 통해 정확한 위치를 파악한 길수현과 오대영은 서둘러 펜션으로 향한다. 하지만 한발 먼저 도착한 박광철이 정선미를 덮치고….

박광철	네가 감히 나한테 사기를 쳐? (살기 가득한) 내가 사기당하곤 못 살거든!
	너나 나나 같은 옷 입고 있는데 저 혼자 다른 옷 입은 것처럼 굴어? 역겨운 년! (마구 패대기치고 때리는)
정선미	(악에 받쳐) 그래! 차라리 죽여! 나 죽이고 제발 엄마는 내버려둬!
박광철	뭐? 엄마? 이년이 사기를 하두 처먹더니 돌았나. (발로 밟으며) 너 지금, 내 앞에서도 연기하냐?
박광철	(멱살을 쥐고) 선미야, 착하지? 이제 무슨 꿍꿍인지 순순히 불어봐. 너 도대체 이게 무슨 꼴이니?
	왜 일을 다 망친거야, 응?
정선미	어떻게 생각해도 상관없어! 엄만 처음으로 나란 년을 진심으로 사람 대접해준 사람이야….
	엄마랑 같이 있으면 내가 정말 사람 같았어! (비죽 웃으며) 넌 그런 거 모르지?
	넌 한 번도 사람인 적 없었으니까!
박광철	이년이 끝까지!

'내 딸이 내 목숨을 살리기 위해 박광철을
배신하고 위기에 처했구나.' 미처 꺼지지
않은 휴대전화로 상황을 듣고만 있어야 하
는 오정임은 마음이 찢어지는 것만 같다. 분노에 사로잡힌 박광철은 정선미에게 폭력을 휘두르는데….
자포자기한 정선미의 절규에 박광철은 이성을 잃고 폭주한다.

일촉즉발의 위기, 뒤늦게 펜션에 도착한 오대영과 길수현은 정선미의 비명을 듣고 총을 빼어 든다. 블라인드를 통해 비치는 두 사람의 실루엣. 남자가 칼을 치켜드는 순간 총성이 울리고, 총알은 박광철을 정확히 꿰뚫었다. 길수현의 총에서 피어오르는 화약 연기…. 하지만 오대영의 얼굴에는 아무런 동요도 없었다.

살아야 할 사람이 죽고 자격 없는 놈들이 살아남는 세상...
나도 원치 않는다.
방 안에서 무슨 일이 벌어지고 있는지 정확히
알 수는 없었다.
분명한 것은, 길수현이 쏘지 않았다면 내가 방아쇠를
당겼을 거라는 거.
그토록 위험하다고 생각했던 길수현의 방식에
나 또한 공감하고 있었던 것일까.
하지만 더 이상은... 후회하고 싶지 않다.

총기 발포로 상황 종료. 과잉 대응에 대한 내사과의 조사에서 오대영은 길수현을 감싼다. 하지만 박국장과 오대영의 노력에도 불구하고, 경찰 내부에서 실종전담팀을 보는 좋지 않은 시선을 바꾸는 데에는 실패하고 만다. 잠정적으로 운영을 중단하는 쪽으로 가닥을 잡은 박국장. 길수현의 표정이 어둡다.

길수현

사건은 종결되었다.
하지만 아직 풀리지 않은 미스터리들이
마음에 걸린다.
석연치 않은 점들은 개인적으로
조사하는 것이 좋겠지...

257

사기죄로 교도소에 복역 중인 정선미. 오정임은 정선미를 온전히 자신의 딸로 받아들이기로 결정했고, 그녀에게는 죗값을 치르고 돌아갈 따뜻한 집이 생겼다. 모범적인 태도로 교도소 생활을 이어가는 정선미에게 누군가가 면회를 신청한다. 바로 길수현이었다.

기분이 어떠냐고요?

이번 일 겪으면서…

내 꼴은 이 모양이지만

마음은 정말 홀가분해 졌어요.

나 같은 여자에게도 청순한 마음이란 게 있었구나.

알게 됐거든요.

길수현은 자신을 반갑게 맞이하는 정선미의 말을 묵묵히 듣다가 피식 웃음을 흘린다. 묘한 분위기를 감지한 정선미의 얼굴이 굳어지고, 길수현은 냉소 섞인 말투로 대화를 이어간다.

강우석의 토막 손, 당신이 공원에 가져다 놓은 거죠?
그렇게 가정하니까 모든 의문이 풀리더군요.

박광철은 그 날 새벽, 냉동창고에 가기 전 한 통의 전화를 받았습니다.
그곳에서 만나자고 하는 전화였겠죠. 그 번호는 당신 번호일 테고.
덕분에 박광철은 창고 CCTV에 노출되었습니다. 정작 당신은 카메라를 피해
몰래 들어갔죠. 박광철이 강우석의 살인범이라는 걸 모두가 알게 해서 제거하려고,
그래야 유산을 혼자, 모두 차지할 수 있으니까.

어머니를 살리기 위해서 자발적으로 실종을 선택한 것,
청순한 마음이 듬뿍 담긴 동영상!
그게 바로 신의 한 수였죠. 정말 훌륭했어요, 나도 깜빡 속았으니까.
사기라는 것이 발각된 다음 친자입적을 망설이는 오정임 할머니의 마음을
돌리기 위한 최후의 한 방이었겠지.

그 동영상… 그런데 그게 어떻게,
왜 박광철에게 전해졌을까?
박광철이 선미옥에 심어둔 스파이가 박광철에게 보낼 것까지
계산한 건가?

길수현의 말을 듣는 정선미의 표정이 차갑다. 자신을 향한 적의를 숨기지 않는 정선미의 태도에 자신의 생각이 틀리지 않았음을 확신하는 길수현. 오정임의 휴대전화에 녹음된 그날의 상황을 토대로 정선미를 몰아붙인다.

"우리 이러지 말자… 일 끝나면 너랑 우리 아이랑
하와이 가려고 티켓까지 끊어놨어… 그러니까…"
"다가오지 마!"

"마지막에 박광철에게 대체 뭐라고 했길래, 그렇게 애원하던 박광철이
당신을 죽이려고 했던 거지? 왜?"
"그게 왜 궁금한 건데? 혹시… 뭘로 도발해서 당신이 박광철을 쏘게 됐는지가 궁금한 건가?
그럼 알려줄게."

뱃속의 아이가 자신의 아이가 아니라는 말에 참았던 분노를
터트린 박광철.

이 모든 것이 정선미의 철저한 계산에 의한 것이었다.

우리가 도착한 것을 본 정선미는 창가로 다가가 박광철을 도발했고,
그곳에 있던 모두가 그녀가 원하는 대로 움직였다.
내가 방아쇠를 당기지 않았더라면? 정선미는 자신이 살아남을 거라는
확신이 있었을까?
아니, 도박이었겠지. 목숨을 걸어서라도 갖고 싶었을 거다.
자신의 욕망을 위해서라면 뭐든 할 수 있는 무서운 여자.

강우석, 박광철 모두 죽었다. 정선미가 자백한 사기죄 말고는 입증할 방법이 없는 지금, 이 모든 것은 길수현의 추측일 뿐이다. 자신이 목숨을 구한 사람이 배후의 진범이었다는 사실이 길수현을 힘들게 한다. 교도소에서 지내는 시간 또한 정선미에게는 유산을 얻기 위한 짧은 여정에 불과할 것이기에. 하지만 길수현이 정선미를 찾은 이유는 단지 진실을 알고 싶어서만은 아니었다. 애써 홀가분한 표정으로 정선미에게 신문을 건네는 길수현. 화를 내는 대신 덕담을 전하는 길수현의 태도에 정선미는 어쩐지 불안하다.

백억 대 자산가 오정임 할머니,
딸 찾은 기념으로 전 재산 사회에 기부!

밝은하늘 장학재단은 5월 가정의 달을 맞이하여 유명 국밥집 선미옥 사장 오정임 할머니가 100억 대 전 재산을 기증한 사실을 알렸다. 장학재단 사무실에서 열린 오정임 할머니와의 인터뷰에서 오 할머니는 30년 넘게 찾아다닌 딸을 다시 만난 기념으로 전 재산을 재단에 기증하겠다고 밝혔다.

딸과의 소박한 삶을 위해 다시 출발선으로!
전 재산 기부는 새 시작을 위한 첫 걸음!

전 재산을 기부한 오 할머니는 소박한 바람을 내비치기도 했다. 오랜만에 찾은 딸 정선미 씨와 함께 예전 그때처럼 소박하고 평온한 삶을 살고 싶다고 말하는 할머니는 그 시작을 위해 재산을 기부하겠다는 마음을 처음 먹게 되었다고 전했다. "사실 어려운 학생들의 배움을 위한다는 것은 두 번째 이유였다. 첫 번째는 30년 전으로 돌아가고픈 마음이다"라고 솔직한 마음을 밝혔다.

길수현

딸과의 행복한 삶을 위해, 사회에 전 재산을 환원하기로 결정한 오정임 할머니의 기사에 정선리는 망연자실한다.

신문을 마구 찢고 오열하는 정선리.

자신의 욕망을 이루기 위해 타인의 순수한 마음을 짓밟고 먹어치우며 살아온 그녀였다. 흉내낸 거짓된 따뜻함과 위험한 청순함이 어머니의 진실한 마음에 삼켜지는 건 계산에 없었겠지. 그것은, 어쩌면 정선리가 지금껏 느껴보지 못했던 가장 큰 절망은 아니었을까.

그녀 또한 어머니가 되면, 인간의 마음에 대해 배울 기회가 있을 것이다.

지금으로서는 그러길 바라는 수밖에.

정선미 앞에서 애써 아무렇지 않은 척한 길수현이지만,
이번 사건의 결과와 과거의 실패들이 한데 뒤섞여 밤새
그를 괴롭힌다. 범인이 죽는 것으로 사건은 끝나지 않는
다. 오히려 범인을 죽임으로서 정의와는 영영 멀어지는
경우도 있다.

Script

오대영	맨날 한쪽에 앉아 있다가 반대편에 앉으니까… 신선한데?
	(잠시 보다가 미소 거두며) 631의 6…
길수현	(보는)
오대영	그동안 총구를 겨눴던 곳이… 모두 옳은 곳이었나?
길수현	…
오대영	지금의 내 선택이 옳았길 바라.

내사과에서 조사를 받고 나오던 오대영은 길수현을
옹호한 자신의 선택이 옳았길 바란다고 했다.
그런 오대영에게 길수현은 아무 말도 할 수 없었다.

제작노트

'정선미'는 〈실종느와르 M〉을 통틀어 가장 흥미로운 캐릭터라 할 수 있다. 도무지 그 끝을 알 수 없는 그녀의 사기본능은 영화 〈원초적 본능〉의 캐서린을 연상시키기도 한다. 처음엔 국밥집 할머니의 친자 입적을 알리는 편지를 받으며 비릿하게 미소 짓는 엔딩이었지만 여러 과정을 거쳐 지금의, 신문기사를 보며 울부짖는 엔딩에 이르게 되었다.

정선미 역을 맡은 배우 이연두는 정말이지 '전투적인' 배우였다. 처음 캐스팅 제의를 했을 때부터 열정을 보였고, 현장에서도 엄청난 파이팅을 보여주었다. 유난히 맞는 장면이 많은 캐릭터였는데, 자신은 괜찮다며 오히려 대역보다 더 열심히 맞으며 몸을 사리지 않는 모습을 보여주었다. 아이스크림을 먹는 마지막 면회실 장면도 깊은 인상을 남겼다. 몰아치는 김강우의 연기도 일품이었지만, 여기에 조금도 눌리지 않고 팽팽한 힘의 균형을 선사한 이연두의 연기 덕택에 장면의 완성도가 높아졌다.
_ 감독 이승영

EPISODE
07

INJUSTICE

정의는 눈에 보이지 않는다.

하지만 시간이 지나면 반드시…
누군가 그 열매를 보게 될 것이다.

그러나 불행히도… 불의 또한 열매를 맺는다.
그리고 지금의 우리는 불의의 열매로 가득한 세상에서 살고 있다.

injustice

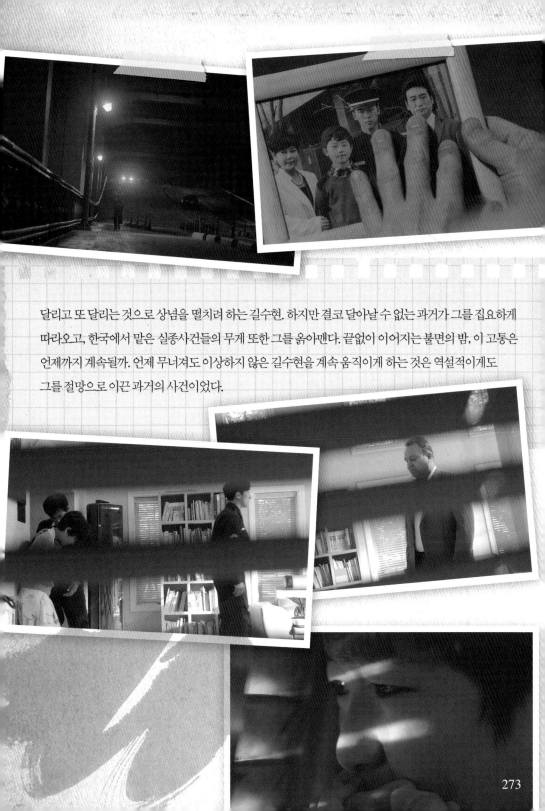

달리고 또 달리는 것으로 상념을 떨치려 하는 길수현. 하지만 결코 달아날 수 없는 과거가 그를 집요하게 따라오고, 한국에서 맡은 실종사건들의 무게 또한 그를 옭아맨다. 끝없이 이어지는 불면의 밤, 이 고통은 언제까지 계속될까. 언제 무너져도 이상하지 않은 길수현을 계속 움직이게 하는 것은 역설적이게도 그를 절망으로 이끈 과거의 사건이었다.

길수현의 과잉대응을 계기로, 실종전담팀을 곱지 않은 시선으로 보던 경찰 내부의 압박이 더해져간다. 잠시 수사팀을 일선에서 철수시키자는 결정을 했지만 다방면으로 이들을 보호하려 애쓰는 박국장. 그리고 검찰고위 관계자와의 비밀스러운 만남…. 유독 길수현에게 관심을 보이는 상대가 신경쓰이지만 내키지 않는 거래를 통해서라도 팀의 존속을 이어가는 것이 최우선이다.

싫은데… 검찰이란 소리만 들어도 내키지가 않는다.
중앙 지검의 김민주 검사, 그리고 그녀가 불법도감청 및
탈세 혐의로 기소한 피의자 최영달.
담당 검사와 피의자가 비슷한 시기에 실종.
확실히 누가 선뜻 나서서 수사하기엔 너무 튄다.
우리에게 조용히 수사를 맡기시겠다는 거군.
그나저나 어떤 놈들이 튀어나올 줄 알고
총기 소지까지 금지야?
국장님께 죄송하긴 하지만 울컥하는 것도 사실이다.
조건을 말없이 받아들이는 길수현… 괜찮은 거야?

Script

진서준	실종되기 전 김민주와 최영달의 행적에 대해 조사해봤는데요. 김민주는 3일 전 호일동에서 휴대전화가 꺼진 후 아무런 생활반응을 찾을 수 없었고, 최영달은 어젯밤 마지막으로 부인과 통화한 후 전원이 꺼졌습니다.
오대영	거기가 어디야?
진서준	(모니터에 지도 띄우며) 지도상으론 허허벌판인데 철새 도래지로 유명한 곳이에요.
오대영	철새 도래지? 거기 왜 간 거지?
길수현	(오대영에게) 일단 최영달의 휴대폰 전원이 마지막으로 꺼졌다는 그곳으로 가보시죠.

아무것도 없는 들판에 덩그러니 놓여 있는 다 타버린 컨테이너.

아직도 냄새와 연기가 남아 있는 화재 현장 한가운데에 까맣게 탄 시체가 놓여 있었다.

실종 사건에 대한 단서 대신 시체와 맞닥뜨린 길수현과 오대영의 머리가 복잡해진다.

포어 패턴 POUR PATTERN

시너나 휘발유 같은 인화성 액체가 연물을 뿌렸을 때 나타나는, 쏟아진 부분과 쏟아지지 않은 부분의 경계흔적.

길수현

화재 현장에서 발견된 시체가 컨테이너 한가운데에 있다.
즉, 이미 죽은 상태였거나 의식이 없는 상태였다.
포어 패턴이 나타난 것으로 보아 방화가 확실하다는 소방대원의 설명.
장시간 고열에 타서 부검조차 불가능한 시신.
신원 확인은 치과 기록을 기다려보는 수밖에.

철새 이동경로 관찰 카메라

철새 이동 경로에 따라
카메라 방향설정이 되어 있습니다.
카메라에 손대지 말아주세요.

불행 중 다행일까. 단서라곤 남아 있지 않은 현장 근처에 철새 이동경로 관찰카메라가 설치되어 있었다. 묘한 느낌에 사로잡히는 순간이었지만, 달리 할 수 있는 선택이 없다.

오대영

05/26 22:11

컨테이너에 도착한 첫 번째 차량은
실종된 피의자 최영달의 차와
같은 차종의 SUV,
그 뒤를 따라 도착하는 택시.
누군가 내린 후 택시는 다시 돌아갔고…

시신의 신원 : 김민주 검사

그리고 최영달 :

차량 추적 결과 최영달의 SUV는

오늘 아침까지도 전국 곳곳에 흔적을 남기다

CCTV가 없는 일광 저수지로 향하는

도로로 사라짐.

막다른 길이고, 나온 흔적이 없는 것으로 보아

그곳에 머무는 것으로 보임.

일광저수지
경기 성원시 부례동 11B

서둘러 저수지로 향한 길수현과 오대영은
최영달의 차를 발견하지만,
이미 최영달은 물에 빠져 숨져 있었다.

실종된 두사람 모두 시체로 발견된
상황, 검찰에서는 사건을 자신들이
맡겠다며 실종전담팀을 배제한다.
시체를 서둘러 비닐 백에 담고
현장을 정리해버리는 검찰의 태도
에 분개하는 오대영과는 달리
길수현은 냉정을 유지한 채 생각에
잠긴다.

길수현

별다른 외상이 없는 것으로 보아
최영달의 죽음은 자살로 처리될 가능성이 크다.
정황상 피의자가 자신의 담당검사를 살해하고
추적을 두려워한 나머지 자살했다고
볼 수도 있겠지만…
무리 없이 모두가 납득할 수 있는 시나리오라는
생각이 드는 건 나의 과민반응일까?

이대로 손을 떼는 건 찜찜한데….
검찰에서 가져가버린 이상, 더 파고드는 것도 어렵겠지.
어쨌든 우린 지금 눈칫밥 먹고 살아야 되는 인간들이라서.

그나저나 몸도 안 좋다던 마눌님은 오늘도
도하건설 카지노 건설 반대 현장에 나가서 열심히
시위 중이시다. '정의는 눈에 보이지 않지만 시간이
지나면 반드시 그 열매를 보게 된다' 그런 멋진 말은
어디서 들었는지… 싶었더니 내가 했던 말이라나? 호호.

반나절이 지나기도 전에, 검찰은 두 사건을 최영달이 저지른 보복살해, 그리고 자살로 결론 짓고 사건을 종결시켰다. 초스피드로 진행된 사건 처리에 원래 석연치 않았던 것들이 더더욱 마음에 걸리지만 수사를 계속할 명분이 없다. 그때, 강주영으로부터 한 통의 전화가 걸려온다. 최영달의 검시 결과는 검찰의 발표와는 차이가 있었는데….

강주영	익사라는 사실만 확인하고는 검찰에서 시신을 가져가 버려서요.
오대영	자살은 확실한 거야?
강주영	(부검 장면을 보여주며) 시신에선 그 어떤 저항흔도 발견되지 않았습니다.
	비강에 물이 가득 차 있고, 양쪽 폐 모두 팽창돼 있는 걸로 봐서 물 흡인성 익사가 분명하고요.
길수현	근데 이상한 점이란 게 뭐죠?
강주영	여기. (파일을 건네는)
길수현	(파일을 펼쳐 보다가) 디틸룸?
강주영	네. 담수에선 살지 않는 해양 플랑크톤입니다. 그런데,
	익사체의 장기에서 추출한 플랑크톤 중에 디틸룸이 발견된 거죠.
오대영	지금 이게 다 무슨 소리야? 그러니까. 저수지에서 익사한 사람의
	몸에서, 바다에 사는 플랑크톤이 나왔다는 거야?
길수현	최영달은 다른 곳에서 익사당한 후 저수지로 옮겨진 겁니다.
	즉, 자살이 아니라 타살이란 거죠.
오대영	!
길수현	이 자료, 검찰에도 보냈습니까?
강주영	(끄덕) 그런데 사건이 그냥 그렇게
	마무리돼서… 연락드린 거예요.

현직 여검사가 살해된 사건임에도 검시 결과까지 묵살하면서까지 서둘러 사건을 종결시킨 검찰. 누군가 배후에서 힘을 쓰는 것이 분명했다. 수사권이 없는 지금이지만 비밀리에 수사하자는 길수현의 제안을 아무 반대 없이 받아들이는 오대영. 사건 해결에 대한 둘의 마음이 어느덧 일치하고 있음을 확인하는 순간이었다.

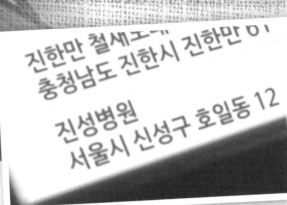

진한만 철새그...
충청남도 진한시 진한만 01

진성병원
서울시 신성구 호일동 12

오대영은 재치를 발휘해 저수지에서 발견된 최영달의 차량 네비게이션을 확보한다. 컨테이너로 가기 전 경로를 거슬러 올라가기로 결심한 그는 우선 바로 전 경로인 진성병원으로 향한다. 한편 길수현과 진서준은 휴대전화 위치추적을 통해 김민주와 최영달의 동선이 겹치는 지점을 발견한다. 해당 장소의 CCTV 영상에는 두 사람이 비밀스럽게 만나는 장면이 담겨 있다. 검사와 피의자의 관계라고 보기에는 조금 다른 모습이 마음에 걸리는 길수현. 마지막 26일, 김민주는 최영달 근처까지 이동했으나 갑작스럽게 실종된 것으로 보인다.

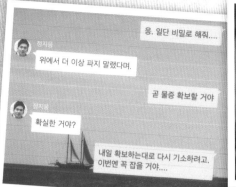

응. 일단 비밀로 해줘....

정지웅
위에서 더 이상 파지 말랬다며.

곧 물증 확보할 거야

정지웅
확실한 거야?

내일 확보하는대로 다시 기소하려고.
이번엔 꼭 잡을 거야....

어쩌면 최영달은 피의자가 아니라
상부의 지시를 어기고 몰래 수사하던
김민주 검사의 협력자였을 가능성이 높다.
즉, 참고인을 피의자로 위장시킨 것.
김민주 검사에게 사건의 경과를
묻는 동료 검사 정지웅.
이번 사건의 담당 검사다.
저 문자는 충고일까 아니면
정보를 캐내려는 의도였을까.

오대영

병원 엠뷸런스 블랙박스에서 확보한 영상.
최영달은 괴한들에게 무언가를 빼앗기고
납치당했다.
이렇게 조금만 움직여도 파악 가능한
사건을... 검찰은 서둘러 종결시켰단 말이지.
좋지 않은 예감이 드는걸.

진서준

'정의의 길을 걷고 있다면, 좌절하지 않고
죽음을 맞이하겠다.'
김민주 검사도 이렇게 죽음을 맞이했을까?
사진을 보면 평소 스마트펜을 사용했던 것 같다.
그렇다면 스마트펜을 이용해 기록한 것들은
메모리에 남아 다른 기기와 연동이 가능할 터.
그 펜이 남아 있다면…

최영달 납치 차량을 추적하던 오대영은 도하건설 자재 창고 부근에서 문제의 차를 발견한다. 창고 근처의 해수 탱크를 보는 순간 최영달의 몸에서 발견되었다는 해수 플랑크톤이 떠올라 소름이 돋는다. 괴한들은 도하건설과 어떤 관련이 있는 것일까?

홍진기
도하건설 대표

손상됐던 스마트펜,
하지만 일부 정보들은 확인이 가능했다.
김민주 검사의 비밀 수사는 도하건설의 비리와
관련되어 있었다.
도하건설 대표 홍진기의 탈세, 그리고 그의 불법을
도운 서진용역 대표 최영달…
김민주 검사는 최영달을 이용해 홍진기의 혐의를
입증하려 했을 것이다.
그리고 그 결과는… 두 사람의 죽음.

287

김민주 검사와 최영달의 살인 혐의로 홍진기를 긴급 체포하는 오대영.
하지만 홍진기는 당황하는 기색은커녕 여유가 넘친다.

Script

오대영	(파일을 보며) 아이고, 이거 뭐… 도대체 직함이 몇 개야?
	전국 건설연합 이사님이시고, 푸른 청년연합 총무? 에이 이건 아니잖아… 이거 뭐야 대체?
	서울 자치단체 대표에다가… 아하! 법무부 선도위원도 하고 계시네?
	(홍진기를 보며) 아주 공사다망하시구먼.
	그런데 내가 말야. 명함 지저분한 놈들 치고 사기꾼 아닌 놈들 못 봤거든?
홍진기	(피식) 그만큼 인맥이 넓다는 이야기죠.
오대영	(어이없는) 그래서 그 넓은 인맥으로 그렇게 온갖 비리를 저지르셨나?
	여검사는 불에 태워 죽이고, 용역업체 대표는 물속에 수장시키고?
홍진기	형사님이야말로 수사극을 너무 많이 보셨네. 기업인은 다 비리를 저지를 거란 선입견을 갖고 계신 걸 보니.
	(하다가) 그리고요…. 저라면 그런 방법은 안 쓰죠.
오대영	(보는)
홍진기	내가 말이죠. 이 나라에만 건물을 수백 개도 더 올린 사람이거든요? 근데 건물을 올리기 전에
	콘크리트를 부어야 되는데… 아, 공구리 친다고도 하죠?
	그게 굳기 전엔 그 안에 뭐든 집어넣을 수가 있어요…. (웃는)
오대영	너 지금 그거 무슨 의미야?
홍진기	(깐죽깐죽 여유 부리며) 아… 농담이에요… 농담.
오대영	이 새끼. 간만에 승부근성 자극하는 놈일세… 어이, 야 이 새끼야. 경고하는데, 너!
	기회 있을 때 순순히 부는 게 좋을 거야. 안 그럼 넌, 내 손에 뒤질 거니까! (일어서서 나가려는데)
홍진기	그래요. 과연 누가 누구 손에 뒤질지… 두고 보자고요.

자신을 깔보다 못해 협박하는 홍진기 앞에서 분노를 억누르는 오대영. 영장이 발부된 후 제대로 밟아주겠다고 속으로 다짐하던 와중에 굳은 얼굴로 관찰룸으로 돌아온 진서준이 영장 청구가 기각되었다는 소식을 전하는데….

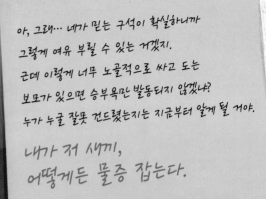

아, 그래… 네가 믿는 구석이 확실하니까
그렇게 여유 부릴 수 있는 거겠지.
근데 이렇게 너무 노골적으로 싸고 도는
보모가 있으면 승부욕만 발동되지 않겠냐?
누가 누굴 잘못 건드렸는지는 지금부터 알게 될 거야.

내가 저 새끼,
어떻게든 물증 잡는다.

검찰로서는 자신들이 종결한 사건을 들쑤시는 우리가
괘씸할 것이다.
지금은 최영달이 김민주 검사에게 넘기려던 물증을 확보
하는 것이 최우선.
사망하기 한 달 전, 최영달은 소형 카메라와
고가의 도청장치를 구입했다.
홍진기의 별장.
그곳에서 최영달은 홍진기의 약점이 될 만한 영상
혹은 음성파일을 확보했겠지.

유유히 실종전담팀의 손에서 빠져나간 홍진기가 승부욕을 자극한 것은 오대영만은 아니었다. 정공법으로는 통하지 않는 상대와의 싸움을 저마다의 방법으로 풀어나가려는 세 사람. 진서준은 홍진기의 휴대전화를 불법으로 해킹해서라도 범죄 흔적을 확보하겠다고 선언한다. 길수현은 홍진기의 별장으로 향하고, 오대영은 도하건설의 카지노 승인을 반대하는 시위 현장으로 향한다.

시위에 참여 중인 아내로부터 도하건설의 비리에 대한 정보를 듣는 오대영. 도하건설은 정치권에 로비를 해 카지노 건설권을 따냈고, 오래전부터 법조계에도 막대한 돈을 들여 스폰서 노릇을 했다. 그러나 시위의 구심점이 되던 시민단체의 간사가 실종된 후, 시위는 급속도로 힘을 잃어가고 있다고 했다. 여기서도 도하건설의 범죄와 그를 묵인하고 비호하는 검찰의 존재가 드러난다.

홍진기의 호화 별장.
CCTV 없음. 인적 없음. 비밀회동에 최적.
거실 그림에 소형 렌즈를 부착한 흔적.
최영달은 홍진기의 약점을 쥐고 있었던 것일까.

진서준은 홍진기가 김민주 검사를 언급하는 통화를 도청하는 데에 성공한다.
화기애애한 분위기와는 다르게, 묘하게 협박처럼 들리는 홍진기의 목소리가 섬뜩하다.

"그 여검사, 큰일 날 물건을 가지고 있더라구요.
그걸 드리기는 좀 그렇고요.
서로에 대한 믿음의 증표로 삼는 게 어떻겠습니까?"

이 자식이, 표정이 왜 그래?

나는 반가운 마음에 한걸음에 달려왔는데.

시민단체 이경진 간사 납치 및 시체은닉죄.

이번엔 빠져나갈 수 없을 거다.

시체만 발견되면, 너는 끝이야.

오대영

길수현

최영달에게 동영상 촬영을 지시한 것은
홍진기였을 것이다.
누군가의 목줄을 틀어쥐기 위해서였겠지.
중단되었던 카지노 공사가 재개된 것도
동영상 확보 시점과 비슷하다.
문제는 김민주 검사의 메모리에 담긴 정보다.
홍진기 부분만 빼고 모두 삭제된 데이터들… 누군가
의도적으로 우리가 홍진기에게 달려들도록 도발하고
있는 것은 아닐까?
예감이 좋지 않다. 우선, 아직 모습을 드러내지 않은
인물이 누구인지부터 알 필요가 있다.

김민주의 오피스텔에 들어와 급하게 지문을 지우는 사람은 다름 아닌 정지웅 검사. 미리 오피스텔에서 잠복하던 길수현과 마주친 그는 잠시 당황하더니, 자신이 가진 힘을 과시하듯 오히려 겁을 준다.

"검사 동일체 원칙이란 말 들어봤나? 검찰은 한 몸이라는 뜻이야.
조직의 뜻을 따르지 않으면, 조직에 속할 자격이 없는 거야."

사건의 진상을 파악하기 위해서 검찰 전체와 적이 될 수는 없는 법. 길수현은 애초에 이 사건을 실종전담팀에게 의뢰한 인물에 대해 파악하기 위해 박국장에게 면담을 신청한다. 생각보다 긴박한 상황을 깨달은 박국장 역시 모든 것을 털어놓는다. 검찰의 자정노력을 추진하는 고위급 인사가 홍진기의 배후를 밝혀내길 원한다는 것, 실종전담팀이라면 자력으로라도 계속 수사를 진행하리란 걸 믿고 있었다고.

한편, 상부의 지시를 무시하면서까지 건설현장을 조사한 오대영은 끝내 시체를 발견하지 못한다. 같은 경찰들에게 붙잡혀 경찰서로 돌아오는 오대영과 대비되게도, 홍진기는 이번에도 유유히 경찰서를 빠져나온다. 독이 오를 대로 오른 오대영은 홍진기에게 적의를 숨기지 않는다. 최영달의 동영상까지 언급하자 순간 얼굴이 굳는 홍진기. 오대영이 생각보다 많이 알고 있음을 알아챈 그의 눈에 살기가 번뜩인다.

아직도 끝날 줄 모르는 경찰의 강압수사
경찰의 강압수사로 무고한 기업인이 2번이나 조사를 받는

실적수사가 부른 인권침해 논란
경찰의 수사가 인권침해의 요소가 된 것은 하루 이틀 일

- 인권위원회 진정내용
- 출간 <공권력에 깔린 억울한 되
- 경찰의 실적 중심수사가 불러온

민중의 지팡이가 민중의 빙

- 특수실종전담팀 오모 형사의 되

- 미란다 원칙에 대하여

경찰서 내 특수실종전담팀, 시작은 했고...경과

- 특수실종전담팀, 경찰 내부의 특수반 의미있는가?
- 실종전담팀 지난 실적들, 무너지나

특수 실종? 특수 실적!

- 특수실종전담팀, 특수실적전담팀으로 퇴색되다
- 은 영장 없이도 수사 가능? 인권논란 재점화

경찰의 실적중심 표적수사, 문제 있다.

진서준

이… 이게 어떻게 된 거지?
인터넷이 온통 경찰의 강압수사와
인권침해 논란으로 뜨겁다.
특수실종팀의 '오모 형사'라면…
설마 오대영 형사님?

"뭐가 검찰국장님의 심기를 건드렸을까요?"
"원래 신발 속에 작은 티끌 하나가
사람 신경을 거슬리게 하는 법이거든요."

모든 여론이 실종전담팀의 적이 된 듯 공격을 퍼붓고, 경찰청장은 검찰국장에게
압력을 받아 급기야 실종전담팀의 수사권을 박탈하기에 이른다. 총기를 회수당
하고 망연자실한 오대영. 그런 그에게 길수현이 다가와 무덤덤하게 말을 건넨다.

Script

길수현	오형사님은 왜 경찰이 되셨습니까?
오대영	글쎄…그러는 제임스는? 하버드 조기졸업하고 NASA에까지 있었으면서 왜 갑자기 FBI가 된 거야?
길수현	(마음 풀어주려) 멋있잖아요.
오대영	(피식)
길수현	(표정 바꿔 힘들게) 사실은 형의… 억울한 죽음을 밝히려고요.
	누구보다 정의롭고 강직한 경찰이었거든요.
오대영	(보는)
길수현	그런데 아무도 제 말을 들어주지 않더라고요.
	억울함을 호소하는 힘없고 조그만, 동양에서 온 소년의 말에 귀 기울여주는 사람은… 아무도 없었습니다.
오대영	혼자 외로운 싸움이었겠네.
길수현	…
오대영	나? 법을 어기는 놈들 잡으려고 경찰이 된 것 같은데…
	법이란 게 결국, 인간이 만드는 거니까…
	법보단 법을 다루는 사람이 더 중요한 게 아닌가 싶기도 하고.
	근데… 법 위에 있는 놈들은 어떻게 잡아야 하는 거지?

지난 5년 동안의 홍진기 기소 내역

· 출자자 부정 대출 기소불충분
· 업무상 배임 기소불충분
· 부실 검사 기소불충분
· 불법 투기 기소유예

그리고 그 모든 사건의 책임자는
문정욱 즉 지금의 검찰국장.

길수현 바쁘신 분을 이렇게 갑자기 찾아와서 실례는 아닌지 모르겠습니다.

문정욱 찾아온 용건이 뭔지에 달려 있겠지.

길수현 (미소) 그럼 그냥 실례하겠습니다. 혹시 그 동영상 때문에 그러신 겁니까?

문정욱 (조금의 동요도 없어 보이는, 오히려 옅은 미소까지) 뭘 말인가?

길수현 뭐, 기르던 개에게 물렸으니 화가 나기도 하셨겠죠.
도하건설 홍진기 대표가 법무부 선도위원을 하면서 십년 넘게 검찰 고위간부의 스폰서노릇을 했더군요.
그 대가로 각종 비리를 저지르고도 법망을 피해갈 수 있었고요. 그런데 슬프게도 동맹은 거기까지였죠.
홍진기가 그 고위간부의 치부가 될 동영상을 몰래 찍어둔 겁니다. 원래 그런 관계에 신뢰란 없으니까요.
근데 그 동영상의 존재를 알게 된 죄로 김민주 검사와 최영달은 살해당한 거고요.

문정욱 얘기 잘 들었네. 가설은 말야, 증명을 해야만 정설이 되지 않겠나? 그래서, 증거는?

길수현 물론 있습니다. 깊고 깊은 비밀금고 속에.

문정욱 저런. 정설이 되긴 글렀군. 좀 늦은 감은 있지만 여기까지 온 게 가상해서 한 가지 알려주지.
어렵게 증명해서 입증한다 해도 힘의 논리에서 밀리면 세상에선 빛을 보지 못해. 그래서 사람들은
정의로운 걸 힘 있게 만드는 대신, 힘 있는 걸 정의로 삼는 거라네.

길수현 그 힘. 영원할 거라 보십니까?

문정욱 그런 말 들어봤나? 정권은 유한하지만 검찰은 영원하다.

길수현 (빤히 보며) 안타깝게도 인간에게, '절대' 나 '영원' 이란 단어는 어울리지 않더군요.
결국 무너져버릴 자만의 허상일 뿐이지.

문정욱 난 말이지. 너희가 찾을 수 있는 정도의 물증 따위로 그렇게 쉽게 잡을 수 있는 사람이 아냐.

길수현 그럴지도 모르죠. 언제나 스스로의 손엔 피를 묻히지 않으니까. 그래서 일부러 증거를 남겨두신 겁니까?
김민주 검사의 스마트펜을 통해 저희가 딱 홍진기까지만 발견하도록? (보다가) 절 수사관으로
선택하신 이유. 이제야 알 것 같네요. 혹시 제가 홍진기를 처리해주길 바라신 겁니까?

문정욱 (여전한 미소)

길수현 근데 어쩌죠? 전 이런 일에 기시감이랄까. 좋지 않은 경험이 있어서요. 아마 절 선택하신 걸 후회하시게
될 겁니다.

문정욱 (씩 웃으며) 말했잖나. 난 네가 알고 있는 고작 그 따위 것들로 잡을 수 있는 사람이 아니라고.

301

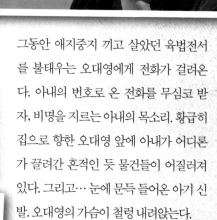

그동안 애지중지 끼고 살았던 육법전서를 불태우는 오대영에게 전화가 걸려온다. 아내의 번호로 온 전화를 무심코 받자, 비명을 지르는 아내의 목소리. 황급히 집으로 향한 오대영 앞에 아내가 어디론가 끌려간 흔적인 듯 물건들이 어질러져 있다. 그리고… 눈에 문득 들어온 아기 신발. 오대영의 가슴이 철렁 내려앉는다.

오대영

아기 신발? 최근에 몸이 안 좋다던 게 혹시…
우리… 우리 아기?
홍진기, 네놈 짓이냐?
홍진기…
우리 지영이에게 무슨 일이라도 생기면…
조금이라도 건드렸다가는…
내 손으로 널 가만두지 않겠어.

납치된 아내를 구하기 위해 길수현의 총을 꺼내 홍진기에게 달려가는 오대영. 이를 걱정스럽게 바라보던 진서준의 전화를 받은 길수현은 문정욱의 여유 넘치던 웃음이 떠올라 순간 소름이 돋는다. 문정욱이 홍진기를 제거하기 위해 선택한 건 길수현이 아니었다. 그가 염두에 둔 것은 처음부터 오대영이었다. 바야흐로 과거의 악몽이 재현되려는 순간이다.

아내의 휴대전화 신호가 마지막으로 끊긴 공사장에 도착한 오대영은 실성한 사람처럼 공사장을 휘젓고 다닌다. 홍진기의 냉랭한 협박이 끊임없이 귓가를 맴돌며 그를 괴롭힌다. 아직 굳지 않은 시멘트 반죽에서 아내의 신발을 발견하고 오열하는 오대영. 그의 안에서 무언가가 뚝 끊어지는 소리가 들렸다. 홍진기를 찾는 그의 눈에 분노가 가득하다.

5년 전, 나는 내 가족을 살해한 남자와 마주앉을 수 있게 되었다.

복수심으로 가득한 내 앞에서 초라하게 용서를 비는 남자의 모습은 그날의 냉혹한 살인마와는 너무도 달랐다. 누군가의 계략에 빠져 형이 자신의 가족을 죽인 것으로 착각했다는 남자. 결국 그는 잘못된 상대에게 복수를 했으며 배후의 누군가는 자신들의 손에 피 한 방울 묻히지 않고 눈엣가시를 처리했다. 우리 모두가 그들에게 이용당했고, 결국 죽음을 맞았고, 어둠 속에서 웃는 자들은 정체조차 알 수 없다. 그날, 나는 결심했다. 자신의 이익을 위해 사람의 목숨을 희생시키는 자들을 용서하지 않겠다고, 그리고 비겁한 놈들에게 기어이 합당한 대가를 치르게 하겠다고.

하지만, 지금 내 앞에서 다시 한 번 그날의 비극이 반복되고 있다.

선량한 사람의 삶이 무너지고, 악인은 어둠 속으로 영원히 숨는 그런 비극.

오대영의 아내를 납치한 차량은 도하건설과는 아무런 관계가 없음이 밝혀졌지만, 오대영에게 전할 방도가 없다. 홍진기에게 총구를 겨누는 오대영. 지금 이 시점에 두 사람이 만나게 된 것 또한 민정욱이 치밀하게 계산한 결과라는 것도 모른 채, 금방이라도 방아쇠를 당길 태세다. 그때, 간발의 차로 현장에 도착한 길수현이 오대영에게 모든 내막을 설명하고 그를 설득한다. 하지만 지금의 오대영에겐 아무 말도 들리지 않는다. 그동안 그를 괴롭게 했던 모든 것들이 그의 손가락에 힘이 들어가게 한다.

Script

길수현	(안타까운) 안 됩니다! 오형사님! 지금 홍진기를 죽이면 모든 게 다 끝나버립니다.
오대영	(말을 막으며) 길수현! 네가 말한 정의란 게 이런 거 아니었나? 법으로 심판할 수 없는 놈들은… 이렇게라도 해야 하는 거 아냐? 저놈… 우리가 잡아봤자 또 풀려날 거니까!
길수현	총 내려놓으세요. 어서요!
오대영	(허탈한 미소) 그동안 봐왔던 수많은 피해자들의 심정이… 이런 거였을까? 멈추기엔 이미 너무 많은 걸 잃었어.
길수현	아닙니다. 그렇지 않아요! 오히려 지금 그 총을 쓰게 되면 더 많은 걸 잃게 될 겁니다! 그리고 그게! 이 홍진기 뒤에 숨어있는 놈들이 원했던 계획이라고요!
오대영	(아무 말도 귀에 들어오지 않는) 홍진기! 법 위에 있는 사람을 어떻게 법으로 심판할 거냐고 물었었지? 그 답은 이거야.

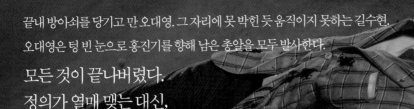

끝내 방아쇠를 당기고 만 오대영. 그 자리에 못 박힌 듯 움직이지 못하는 길수현.
오대영은 텅 빈 눈으로 홍진기를 향해 남은 총알을 모두 발사한다.

모든 것이 끝나버렸다.
정의가 열매 맺는 대신,
민정욱의 악한 계획이 결실을 맺는 순간이었다.

정의는… 눈에 보이지 않는다.
하지만 시간이 지나면 반드시.
누군가는 그 열매를 보게 될 것이다.

그러나 불행히도…
불의 또한 열매를 맺는다.
그리고 지금의 우리는,
불의의 열매로 가득한 세상에서 살고 있다.

불의가 정의를 이용하고,
정의가 불의에 의해 처형당해온 역사.
우리는 지금… 그렇게 비틀거리는 정의의 시대를 살아가고 있다.

TV에 나와 검찰 개혁안을 발표하는 민정욱의 당당한 모습과 내사과의 조사를 받는 오대영의 참담한 모습이 겹쳐져 길수현은 괴롭다. 깨질 듯한 두통에 습관처럼 약을 꺼내던 길수현은 말없이 약통을 책상 위에 내려놓는다. 더 이상 고통으로부터 도망치지 않겠다고 스스로 다짐하듯.

그때, 그가 그토록 기다리던 메일이 운명처럼 도착한다.

I'VE FOUND THE ONE YOU'RE LOOKING FOR.

형과 가족을 죽인 자들에게 그를 이끌 새로운 단서.

문득, 두통이 멎었다.

비틀거리는 정의의 시대.
하지만 비틀거리면서도 좌절하지 않는 건
모든 끝은 새로운 시작으로
이어지기 때문은 아닐까.
비록 상처로 얼룩진 정의이지만…
그래도 정의는 죽지 않는다.
포기하지 않고
그 길을 가는 한.

제작노트

이야기가 결말에 이르면 모든 미스터리가 풀리고 대답을 얻는 것이 보통. 하지만 〈실종느와르 M〉의 결말은 오히려 질문을 던지는 결말에 가깝다. 엔딩을 일부러 불친절하게 한 것은 아니지만, 시청자 입장에서 보았을 때 불친절한 면이 있을 수 있겠구나 싶었다. 드라마의 기획의도와 상관없이, 마지막 에피소드에 대한 시청자의 반응을 보며 이런 생각이 들었다. 이 사회에서 불합리한 일들이 마무리되는 과정이야말로 이보다 훨씬 더

불친절하지 않을까… 세월호의 수습이 그랬고 쌍용 자동차 역시 대답이 아닌 질문으로만 남아 있지 않은가. 일상적으로 부딪히는 사회문제들이 결국 가진 자들의 '눈 가리고 아웅'으로 무마되고 있지는 않은가.

세상사가 복잡하고 사회가 흉흉할수록 복잡하고 어려운 드라마를 기피하는 경향이 있다고 이야기한다. 하지만 생각하게 하고 반성하게 하고 조금 더 나은 내일을 위한 다짐을 던지는 그런 드라마가 하나쯤 있어도 좋지 않을까. 다행히 작가들을 비롯해 많은 스태프들이 이 같은 기획 방향에 뜻을 함께해주었고, 뜻있는 시청자들이 응원해주어서 다소 어려운 주제의 드라마이지만 무사히 마무리할 수 있었다.

이유진 작가의 한마디가 기억에 오래 남는다. 게시판에 올라온 시청소감 중에 '길수현 혼자 정의에 대해 고민하게 하면 안 되겠다, 내가 함께해야겠다'라는 글을 읽고 너무나 큰 보람을 느꼈다고. 나 또한 같은 마음이다.

_ 감독 이승영

〈실종느와르 M〉을 쓰면서 일관되게, 마지막에는 꼭 법을 다루는 사람들의 이야기를 써보리라 다짐했었다. 결국 법도 인간이 만드는 것인데, 그렇다면 법을 다루는 '사람'이 가장 중요할 것이라는 생각 때문이다. 법을 만들고 시행하는 사람이 정의롭지 못하면 결국 그 법 아래 살아가는 대다수의 사람들 또한 어디서에도 정의를 기대할 수 없다. 그런데, 불행히도 인간은 태어날 때부터 이기적인 시스템이 인스톨된 채로 태어난다. 이것이 법을 다루는 사람의 도덕성과 양심에만 기댈 것이 아니라 모든 법과 제도에 건강한 견제 시스템이 필요한 까닭임을 깨달았다. 그러나 현재 우리나라의 사법 제도는 견제 시스템이 전혀 없다고 해도 과언이 아니다. 그래서 이에 대해 함께 고민해보고 싶었다.

안타깝게도 소중한 것들은 눈에 보이지 않는다. 그러나 눈에 보이지 않는다고 무시해버리면 보이는 대로만 살아가게 된다. 만약 우리의 삶이 그렇게 된다면 그것 또한 참 끔찍하고 무서운 일이란 생각이 문득 들었다. 너무도 바쁜 일상을 살고 있는 현대인의 삶 대부분이 이러하지 않을까. 눈에 보이지는 않지만 반드시 잊지 말아야 할 소중한 것들에 대해 생각해볼 여유도 없이, 눈에 보이는 대로, 살아내기에만 급급한 삶은 아닐까.

정의니 불의니 하는 것들도 마찬가지다. 일상에 쫓겨 바쁘게 살다보면 놓치지 말고 고민하며 붙들어야 되는 중요한 가치들을 놓아버릴 때가 많다. 왜, 어떻게 살아야 하는지에 대한 신념 없이 주어지는 대로 살아내게 되는 것이다. 그러다 어느 날 문득 내 정의를 잠식해버린 불의를 발견하고 나서야 깨닫는다면 이미 늦을 수도 있다. 정의나 불의 모두 시간을 두고 서서히 열매 맺기 마련이기 때문이다. 더 잃어버리기 전에 그동안 잃어버린 것이 무엇인지, 더 불의에 이용당하기 전에 과연 정의란 무엇인지, 포기하지 않고 끝까지 함께 고민할 수 있기를 바랄 뿐이다.

_ 작가 이유진

드라마는 익숙지 않아 걱정이 많았지만, 영화와는 달리 긴 호흡으로 여러 가지 에피소드를 전할 수 있어 새롭고도 흥미로웠다. 베테랑 형사 오대영은 인간적이고 유연한 인물이지만, 처음 대본을 받았을 땐 꽉 막힌 사람이었다. 범인을 잡는 데조차 법을 지켜가며 잡는 캐릭터였는데, 아무래도 불가능할 것 같아 감독님, 작가님과 상의해 지금의 캐릭터로 바꾸었다. '느낌적인 느낌'이 있는 사람으로, 오대영은 편안하고 동네 아저씨 같은, 재미있는 캐릭터이지만 이렇게 아픈 에피소드로 끝나 마음이 아프기도 하다.

오대영이라는 인물에 맞춰 이런저런 설정을 했고, 배우 박희순이 오대영이란 캐릭터 안에 녹아들 수 있도록 말투나 애드리브도 꽤 많이 준비했다. 〈실종느와르 M〉은 국내에서 찾아보기 힘든 반(半) 사전제작 드라마이다. 초반의 연기는 분석하고 회의할 시간이 많아 공감의 여지가 컸지만, 중반부 이후로 여느 미니시리즈와 마찬가지로 시간에 쫓겨 찍느라 캐릭터를 유지하기가 어려웠던 부분은 여전히 아쉽다.

시청자와의 교감. 이것이야말로 드라마의 장점이 아닐까. 시청자가 느끼는 감정과 함께할 수 있어 행복했다. 또 그동안 함께한 스태프 여러분께 감사드리고, 〈실종느와르 M〉과 형사 오대영을 사랑해주신 시청자 여러분께 진심으로 감사드린다.

_배우 박희순

길수현이라는 캐릭터를 처음 만났을 때 그의 천재성과 화려한 경력에 놀랐다. 하지만 천재적인 지능을 가졌다고 해서 이 인물을 비현실적으로 표현하고 싶지는 않았다. 과거에 겪었던 일련의 사건들로 인해 트라우마에 시달리는 그이기에 겉으로는 냉정하고 차가워 보일 수도 있지만.

길수현에게 '정의'는 분명히 존재한다. 다만, 자신만의 '정의'가 있는 친구라는 생각이 든다. 그리고 그 정의를 지키기 위해서 간혹 위험한 방법이나 극단적인 선택을 행하기도 한다. 그럼에도 누구보다도 약자들을 위하고 따뜻한 마음을 지닌 사람이다. 길수현이 해결해나가는 실종 사건과 길수현 자신에게 아픈 상처를 남긴 자를 쫓는 과정을 나란히 그리며 한 순간도 긴장감을 놓지 않으려고 애썼다. 어쩌면 그 긴장감이 그의 '어두움'일 수도 있겠다는 생각이 든다.

_배우 김강우

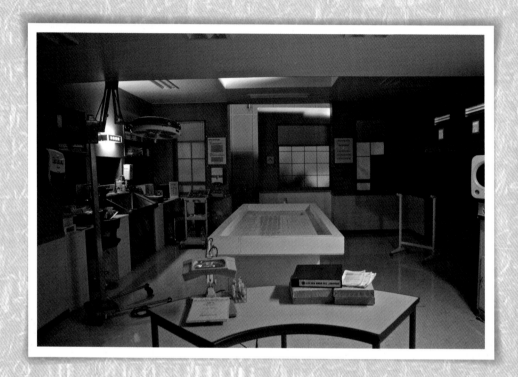

만든 사람들

출연

김강우 박희순 조보아 김규철 박소현

기획	최진희 박지영 박선진
책임프로듀서	박호식
프로듀서	김건홍 정세령
채널총괄	조율기
OCN 마케팅	최경주 김민재 김혜완 임유나
OCN 편성	하나영 이명숙 김울안이 배수정
브랜드 디자인	경현수 김혜연 윤태웅 고동환
홍보책임	김지영
홍보	윤미정
사업총괄	김현성
마케팅총괄	유봉열
마케팅 PD	채지탁 김미주 강재혁 송정아 김소형 김나경

경영지원	정현미 최지은 신효정
심의	함준일 황미영 신미나
웹기획	이영기 임아름
메이킹	이무휘 한평(JR미디어)
OST제작	마주희 송선희 김정하 이협
제작	백호민
제작프로듀서	이경환
촬영감독	전병문
촬영	민성욱 김진환 최문수
촬영부	차정욱 김건용 김성민
데이터매니저	김혜정 박주리
조명감독	강민수
조명팀	김경훈 이정훈 김지훈 장수원 신유승 권세희
발전차	박대현

동시녹음	김성수 김효종 조승연 (SOUND DESIGN)	소도구차	류인현
그립	김광훈 주동환	의상차	구희선
미술감독	오흥석 (아트큐어)	조리	김술순 오내경
미술프로듀서	이수연 (MBC ART)	무술감독	정윤헌 (액션스쿨)
책임코디네이터	박호영	특수분장	윤황직 (제펫토)
소도구 스타일리스트	김민정	특수효과	박재성 (EXTREME FX)
소도구	신현일 이종호	캐스팅디렉터	곽동우
분장	김민관	캐스팅	박병철 이상욱 자성아 (마리엔터테인먼트)
미용	엄정희		
의상	박미애 이주연		
미술팀	곽재식 정건수 서주연 김은수		
특수촬영스튜디오	김재훈 (KIMAC)		
세트제작	박동순 황광식 (MBC ART)		
인테리어	오강식		
작화	최동규		

보조출연	최용수 김정희 (한국제작지원)	카메라봉고	최남호
버스	최석순 (강서관광)	렉카	인아트웍
편집	남인주	제작지원	김승욱
편집보	이해민	제작관리	노명환 이현미
C.G.	서상훈 신민수 윤성환	극본	이유진
	김창연 이호성 소인홍	스크립터	김지은
	박기영 황수정 박해원 (KIMAC)	섭외	한병희
타이틀	박상권 우정연 조미현 (KIMAC)	PROJEECT SUPERVISOR	정상태
색보정	윤희노	진행	김원기 배수진 지동만
종합편집	두두 픽쳐스	라인프로듀서	임승진
음악감독	노형우 (리딩톤)	조연출	전수정 이상문
음악편집	서성원	연출	이승영
작곡	마상우 이태현 주인로		
POST SOUND STUDIO	AMBIENT		
SOUND SUPERVISOR	조계환		
SOUND ADF	김형태		
SOUND	김소현		
SOUND EDITOR	조은영		
SOUND DESIGN	허판회		
OST	〈자각몽〉 김윤아 (FEAT. 올티)		
카메라 대여	디지털 AV		
대본인쇄	명성인쇄		
연출봉고	박민 (진성렌트카)